AF576394

Rivages du Mékong

Du même auteur

Hier encore Saigon, Éditions L'Harmattan, Paris, 2009.
D'ivoire et d'opium, Éditions Naaman (Québec), 1985.

Révision : Lise Lortie
Relecture : Marc Gosselin
Conception graphique : Florence Payette

5-7, rue de l'École-polytechnique ; 75005 Paris

http://www.librairieharmattan.com
diffusion.harmattan@wanadoo.fr
harmattan1@wanadoo.fr

ISBN : 978-2-296-99226-9
EAN : 9782296992269

Bach Mai

Rivages du Mékong

Roman

Lettres asiatiques
Collection dirigée par Maguy Albet

Déjà parus

VO THI TRANG, *Les maîtres de la cité pourpre*, 2012.
MA MA Lay, Adaptation Jean-Claude Augé, *Thway, Le Sang*, 2011.
GUAN Jian, *La clé de mes songes*, 2011.
VO THI TRANG, *Entre les neuf bouches du dragon*, 2010.
TU TRI Jean, *L'ombre du passé*, 2010.
BALAIZE Claude, *Saigon ! Regard d'éternité…*, 2010.
PREMCHAMD, *La Marche vers la liberté*, trad. du hindi par Fernand OUELLET, 2008.
LIYANARATNE Jinadasa, *Les esclaves et autres nouvelles*, 2007.
TRAN Thi Hao, *La jeune fille et la guerre*, 2007.
PREMCHAND, *Godan. Le don d'une vache*, 2006.
HOURCADE Etsuko, *Adieu Capitaine Kamimura*, 2001.
KIM Sok Bom, *La mort du corbeau*, 2000.
LARROCHE Christine de, *Rencontres en Corée*, 1999.
POOPUT Wanee, D'HONT Annick, *Le Bodhisattva Mahosot l'Intelligent*, 1999.
PREMCHAND, *Délivrance*, 1999.
RIGAUDIS Marc, *Japon, mépris... passion...*, 1998.
SINGHASENI Anchalee, *Bangkok - Rennes. Le chemin d'une vie*, 1997.
VOISSET Georges, *Histoire du genre pantoun*, 1997.
PREMCHAND, *Lettres asiatiques*, trad. du hindi par Fernand Ouellet, 1996.
WICKRAMA SINGHE Martin, *Virogaya. Le non-attachement*, trad. du cinghalais par M. Pannawansa, 1995.
JOURNAL-GYAW MA MA LAY, *La Mal-Aimée*, trad. du birman par J.-C. Augé et Kh. L. Myint, 1994.
PHAN HUY DUONG, *Un amour métèque*, 1994.

« Allez au-delà du chemin,
vers un rivage plus lointain
où le monde se dissout et tout devient clair.
Au-delà de ce rivage et du rivage plus lointain,
au-delà de l'au-delà, où il n'y a ni début, ni fin,
sans crainte, allez-y. »
Bouddha

À mes amies Katia et Gigi

À Georges Alexandre
Céline & Brian
Daniel & Lise
Lise & Denis
Valérie
Denis

1

J'entends son murmure avant même de l'apercevoir. Un clapotis comme le sang qui frappe les parois de mon cœur. Je me faufile sur un sentier sablonneux et à travers la longue chevelure des eucalyptus, j'aperçois le Mékong comme un serpentin vert émeraude. Semblable à un poisson qui remonte à sa source originelle, j'ai besoin de revenir dans le delta du Mékong, patrie de ma mère. J'aurais beau voyager par monts et par vaux, là où je me sens le mieux c'est sur ce rivage. J'ai besoin de revoir ce fleuve et ce paysage. Nous sommes des gens de terre et d'eau. J'appartiens bien à cette terre de soleil et de moussons dans ce Sud lointain.

Vite, vite, je longe un quai en bois et, agenouillée à son bout, je laisse courir ma main dans l'eau fraîche. Le Mékong évoque en moi mille images : des jonques ventrues chargées de riz, des barques au toit de chaume et des batelières aux chapeaux coniques. Ici, le fleuve est le grand maître, il se repose dans son « delta ». Il s'y ramifie en un éventail géant, éponge saturée d'eau. Par ses crues et ses décrues, il irrigue la terre et l'enrichit d'alluvions drainées sur six pays. Les gens du delta du Mékong vivent au fil de l'eau et au rythme du fleuve qui leur dicte le temps des semailles et des moissons, des mariages et des funérailles.

Rien qu'en contemplant le fleuve, je remonte le fil du temps. Le Mékong a parcouru près de cinq mille kilomètres pour parvenir jusqu'ici. Source de montagne, il prend naissance à cinq cents mètres d'altitude sur le plateau Qinghai au pied d'un pic himalayen. Les nomades tibétains le surnomment *Dze Chu* ou Eau des rochers, car il reçoit ses eaux de la fonte des glaciers. Gonflé par les moussons et les eaux souterraines, il dévale avec fougue les gorges escarpées du Yunnan d'où son nom chinois *Lancang Jiang*, fleuve Tumultueux. Il sculpte les parois rocheuses et, capricieux, change à plusieurs reprises de visage.

Après un tiers de son parcours, il forme une frontière naturelle entre le Myanmar, anciennement la Birmanie, et le Laos, et entre le Laos et la Thaïlande. Les populations de ces pays l'appellent *Mae Khaung*, *Mae Nam Khong* et *Mènam Khong* : Mère des eaux. L'immense fleuve se radoucit en inondant les vastes plaines du Cambodge. Là, il devient le *Tonle Thom* ou Grand fleuve.

L'Europe découvre le Mékong au XVIe siècle grâce à l'explorateur portugais Antonio de Faria. Une carte publiée en 1563 montre le fleuve *Mecon* parcourant le Cambodge. Le grand poète portugais Luís de Camões fait connaître le Mékong dans son poème *Os Lusíadas*, Les Lusiades, anciens noms des Portugais, alors grands maîtres des océans. Ce monument littéraire chante la conquête de l'empire portugais en Orient. Après avoir échappé à un naufrage dans une embouchure du Mékong, le poète mentionna le fleuve dans son Chant X :

Tu vois, par le Cambodge, le fleuve Mékong,
dont le nom signifie « Maître des eaux ».
Au cours d'un seul été,
il en reçoit tant de ses affluents
qu'il inonde de vastes campagnes[1].

À Phnom Penh, le Mékong se sépare en deux bras puissants, le Mékong et le Bassac. À la saison des

[1] *Les Lusiades*, Luís de Camões, Robert Laffont, 1996.

moussons, le Mékong remonte à contre-courant le *Tonle Sap,* qui signifie rivière d'Eau fraîche, et quadruple la superficie du lac du même nom. Dans cette région, on vit dans des paillotes sur pilotis. On cultive du riz flottant qui s'allonge à mesure que le niveau d'eau du lac s'élève à plus de six mètres. On moissonne ce riz magique en utilisant des barques. Les épis de riz se plissent à la baisse des eaux. Je me plais à imaginer des tiges de riz flottant se plissant comme un accordéon à la décrue.

Au Viêt-Nam, le Mékong s'étale dans le bassin du Dông Nai et connecte avec la rivière de Saigon. À la hauteur de Vinh Long, les deux bras du fleuve se subdivisent en d'innombrables méandres. Que d'eau ! Il y a de l'eau à perte de vue ! Cette eau précieuse chargée de limons coule, tantôt en filets torsadés comme dans un rapide, tantôt en plissements doux comme dans un lac, tantôt en vagues déferlantes comme dans une mer.

De fleuve tumultueux en amont, le Mékong devient fleuve nourricier en aval. C'est l'artère essentielle de la vie économique du delta. Au bout de sa course, il se jette dans la mer de Chine méridionale par neuf embouchures, d'où son nom en vietnamien, *sông Cuu Long*, fleuve aux Neuf Dragons.

Je suis persuadée que le paysage du delta du Mékong d'aujourd'hui est similaire à celui du temps de la Cochinchine de ma mère. C'était le temps d'avant. Il est vrai qu'ici plus qu'ailleurs, le temps est comme une mer étale. Et depuis, les cahutes sur pilotis entourées d'aréquiers à plumeaux n'ont pas changé d'aspect. Les jonques remontant le bras supérieur du Mékong, sont toujours ornées à la proue de deux gros yeux colorés, comme pour défier les mêmes démons dans l'eau.

Une brise fait bruisser des palmiers d'eau en bouquets évasés bordant les deux rives du Mékong comme un rempart naturel. Chaque fleuve possède sa plante. Le *nypa fruticans* est un palmier très ancien qui pousse comme une mangrove au bord du Mékong. Il déploie ses racines dans la vase et dresse ses grandes feuilles pennées vers le ciel. La marée du fleuve lui apporte les éléments nutritifs nécessaires à sa croissance.

Je compare ma mère, femme du delta du Mékong, à cette plante aquatique qui se ploie aux assauts des vents et des marées du fleuve, mais qui ne se brise pas. Ses feuilles servent à fabriquer murs, toitures, cordages et paniers. Ses fruits, grosses noix hérissées à l'écorce dure, émergent de l'eau. J'ai encore dans la bouche le souvenir du goût de la pulpe blanche de ces fruits macérés dans du sirop de canne à sucre, un goût tendre de l'enfance.

2

Notre ambassade se trouve sur la rue Hùng Vuong à Hanoi, à quelques pas de la grande place Ba Dinh, avec en toile de fond le Mausolée du président Hô Chi Minh. Les Vietnamiens l'appellent respectueusement Mausolée de l'Oncle Hô. C'est sur cette même place Ba Dinh que le 2 septembre 1945 Hô Chi Minh déclara l'indépendance du Viêt-Nam devant une immense foule émue :

« Nous, membres du Gouvernement provisoire de la République démocratique du Viêt-Nam, proclamons solennellement au monde entier : le Viêt-Nam a le droit d'être libre et indépendant et, en fait, est devenu un pays libre et indépendant. Tout le peuple du Viêt-Nam est décidé à mobiliser toutes ses forces spirituelles et matérielles, à sacrifier sa vie et ses biens pour garder son droit à la liberté et à l'indépendance. »

Je contemple cette structure massive, architecture inspirée de l'ère soviétique, dont la façade à six colonnes en marbre gris domine la place Ba Dinh. Trois soldats en uniforme blanc marchent vers l'entrée du mausolée, les bras bien coordonnés et les jambes bien hautes, pour procéder à la relève de la garde. Vis-à-vis du mausolée, de l'autre côté de la place Ba Dinh, se dresse un grand bâtiment blanc, siège du Parlement vietnamien où flotte un drapeau rouge frappé d'une étoile d'or.

Nombreux sont les visiteurs venus rendre hommage à l'Oncle Hô en son lieu du dernier repos ce matin. Par leurs vêtements, je devine qu'ils arrivent des provinces du nord, les femmes en tuniques traditionnelles et les hommes en habits sombres, turbans noirs noués au front. Des autobus déversent des écoliers en uniforme, pantalon bleu marine et chemise blanche, foulard rouge au cou. Il s'agit des « neveux sages de l'Oncle Hô ». Ces élèves, bien disciplinés, se suivent en silence deux par deux. Il y a une file spéciale pour les visiteurs de marque provenant des pays amis.

En revenant dans mon nouveau bureau, à peine assise, je vois notre adjointe Hông arriver avec un dossier rouge.

« Bonjour Hông. Déjà, un cas urgent ?

– Bonjour Lan, c'est pour votre dossier personnel. C'est une fiche biographique que vous devez remplir afin que je puisse demander pour vous une carte d'identité et un visa à long terme. Plusieurs *Viêt Kiêu*, Vietnamiens expatriés comme vous, sont revenus au pays. Ce formulaire a été rédigé exprès pour les *Viêt Kiêu* qui travaillent dans les ambassades.

– Il y a combien de *Viêt Kiêu* qui travaillent dans les autres missions ?

– À ma connaissance, il y en a au moins deux : une personne à l'ambassade américaine et une autre à l'ambassade australienne. Vous êtes la troisième. Ne vous inquiétez pas ! Si vous avez des questions, je me renseignerai auprès du responsable au ministère des Affaires étrangères.

– Jamais deux sans trois. Bien Hông, je ne manquerai pas de faire appel à vous. Merci. »

J'examine la fiche biographique de quatre longues pages. Il y a des questions sur moi-même et sur mes parents. J'y inscris le nom de la personne de ma famille qui se trouve avec moi à Hanoi, ma mère : Trân. Elle est née en 1930 à Sadec, une petite bourgade alors rattachée à la province de Vinh Long dans le delta du Mékong.

Lorsque j'ai mentionné à ma mère que j'avais été sélectionnée pour une affectation comme conseillère culturelle à Hanoi, elle n'était pas surprise. Comme si la vie était ainsi et que cela allait de soi. Elle avait une confiance aveugle en ce qu'elle appelait le destin.

« Vois-tu, tout est dans l'ordre des choses. Tu as toujours voulu retourner au Viêt-Nam pour y travailler, eh bien, c'est arrivé. On ne peut échapper à son destin ! »

Je réfléchis à ses paroles. Le rêve est devenu bien plus que réalité. Jamais je n'aurais osé imaginer qu'un jour il me serait permis d'avoir comme décor pour les quelques prochaines années le Mausolée Hô Chi Minh et, dans mon champ de vision, l'immense drapeau rouge à l'étoile d'or. Encore abasourdie, je tente de prendre la mesure des choses. J'essaie de me faire une idée du chemin parcouru par ma famille depuis les grandes dates fatidiques, la fin de l'Indochine en 1954, la chute de Saigon et l'unification du Viêt-Nam en 1975.

Ne m'a-t-il pas fallu plus de quarante ans pour parcourir une distance de mille cinq cents kilomètres, de Saigon à Hanoi ? Une éternité. Mais ce n'est qu'une parcelle d'éternité. Une goutte d'eau dans l'océan du temps.

3

Combien de fois ai-je entendu ma mère prononcer le nom Sadec avec un accent étiré à la fin ? *Sa-Déc.* Enfant, je me suis toujours demandé d'où venaient ces mots si étonnants qui n'avaient pas de signification en vietnamien. À Sadec, ma mère habitait dans un village au ras de l'eau posé sur l'une des rives du Mékong. Sadec pouvait s'enorgueillir d'appartenir à la province de Vinh Long, l'une des provinces les plus riches de la Cochinchine grâce à la culture du riz.

Je retrouve avec plaisir ce paysage unique : rizières plates entrecoupées de diguettes de terre, mille miroirs d'eau aux nuances moirées où se reflètent mille soleils. Tout un enchevêtrement de cours d'eau, d'arroyos, de canaux et de méandres tressés ensemble comme une natte de paille. Ici, au pays du riz croissant, le riz se mange du matin au soir et se décline délicieusement en pâte de riz pour des soupes aux nouilles avec des crevettes et des lamelles de porc, en vermicelle de riz pour les potages au poulet et en galettes de riz pour les rouleaux de printemps à la menthe poivrée.

Sadec. *Sa-Déc.* Je m'applique à tourner ces mots dans ma langue comme si c'étaient des lamelles d'une mangue mûre et à les prononcer de différentes façons. Il s'agit bien d'un nom étranger. À partir du XIe siècle, les Vietnamiens du delta du fleuve Rouge amorcèrent la « Marche vers le Sud ». Lentement mais sûrement, ils atteignirent le royaume hindouiste du Champa. Gens de la terre par rapport aux Cham, gens de la mer, les

Vietnamiens défrichèrent mètre carré par mètre carré la terre que leurs pieds avaient foulée. Les deux jambes bien enfoncées dans la glaise, ils la travaillèrent à la main, labourant, sarclant et attelant d'autres hommes à la charrue de bois à la place des bêtes de somme. Ainsi, au XVIe siècle, par la force de leurs bras, ils conquirent à tout jamais le royaume du Champa qui fut rayé de la carte pour devenir le Centre du Viêt-Nam.

À la fin du XVIIe siècle, le peuple agriculteur aboutit au sud-est du royaume khmer, le Cambodge actuel. Le vice-roi Nguyên de la cour de Huê obtint du roi khmer l'administration du village Prey Nokor, la « ville de la Forêt », qu'il rebaptisa Saigon. De là, les nouveaux migrants suivirent la rivière de Saigon et ensuite les multiples rivages du Mékong jusqu'à la mer. À partir du XVIIIe siècle, ils annexèrent plusieurs provinces khmères, notamment Long Hor, le « devin noyé », qu'ils appelèrent Vinh Long et Phsar-Dèk, le « marché du fer », qu'ils renommèrent Sadec.

Ma mère m'avait emmenée une fois à Sadec. Je devais avoir huit ans. Je me rappelle bien de sa maison familiale au bord d'une courbe du Mékong. C'était une paillote aux murs en torchis, au sol en terre battue et au toit de lataniers comme tant de paillotes à Sadec. Il y avait une grande pièce au milieu, prolongée par deux petites chambres de chaque côté, l'une donnant sur la cuisine à l'extérieur sous un préau. Dans la pièce centrale se trouvait un grand lit carré en bois servant de table à manger le jour et de lit la nuit. Sur le petit autel des ancêtres dans un angle de la pièce se consumaient trois baguettes d'encens. Un plat contenait deux mandarines et une main de bananes naines, offrandes aux âmes des ancêtres.

Ma mère et ses six frères et sœurs sont nés dans cette paillote. Je devine qu'à la naissance de ma mère, la voisine transformée en sage-femme, aidée par l'une des filles de ma grand-mère, avait annoncé, cachant mal la déception dans sa voix :

« *Con gái* ! Une fille ! Quelle petite chance ! »

Naturellement, ma grand-mère maternelle aurait préféré un garçon pour aider son mari aux travaux de la rizière. Elle avait soupiré et essuyé du revers de la main la sueur sur son visage buriné par une vie à la campagne. Elle avait pensé à son premier enfant, un garçon, qui n'avait vécu que quelques heures. Elle avait dû blesser l'orgueil des dieux sans le savoir, car dans sa grande joie d'avoir un premier fils, elle l'avait tout de suite appelé Dung, qui veut dire Force. Depuis, elle se contentait d'appeler ses enfants par leur rang. Par tradition, à la campagne, on ne surnomme aucun enfant « Un ». Le numéro Un est réservé aux dieux et à eux seuls.

Ainsi, l'aîné des enfants de ma grand-mère, un garçon, était surnommé fils Deux, le deuxième garçon, fils Trois, la troisième fille, fille Quatre et la quatrième fille, fille Cinq. Comme ma mère était la cinquième enfant, elle est devenue fille *Sáu* ou Six. Elle avait pourtant un prénom sur ses papiers : Bich Ngoc qui veut dire Émeraude, comme la teinte émeraude que revêt le Mékong par beau temps. Ce prénom étant bien trop précieux, personne ne l'avait jamais prononcé dans la paillote à Sadec. Ma grand-mère laissait sa fille Six aux soins de sa fille Quatre qui dormait dans un coin de la cuisine pour ne pas la faire remarquer par son mari.

Lorsque mon grand-père maternel rentrait le soir d'un pas traînant après une dure journée de labeur dans sa rizière, il regardait sa nouvelle fille et hochait la tête en signe de découragement sans dire un mot. Encore une bouche à nourrir. Des fils, il voulait avoir beaucoup de fils dans ce pays où les hommes, enracinés dans la glaise, travaillaient, travaillaient et travaillaient sans relâche.

À chaque printemps, mon grand-père se servait de ses filles pour le repiquage de jeunes plants de riz, mais ce n'était qu'une tâche secondaire. Tous les gros travaux de sarclage et de labourage de la terre étaient déjà réalisés par les hommes. Il avait besoin de nouveaux bras pour préparer une deuxième récolte de riz afin de payer les impôts en nature au *Quan-Phu*, le préfet.

À Vinh Long, le *Quan-Phu* Nguyên Van Lôc était roi et maître après Dieu. Issu d'une grande famille de lettrés, on dit qu'il possédait « des terres sur lesquelles les hérons blancs volaient de leurs ailes étendues ». Cet homme portait bien son nom : Van veut dire Littérature, et Lôc, Prospérité.

Mon grand-père ne désirait pas avoir une fille, c'était pour lui de l'argent jeté par les fenêtres. Plus tard, il faudrait lui trouver un mari. Une fois mariée, elle irait vivre chez sa belle-famille pour servir son homme et ses beaux-parents. Ne dit-on pas que chapeau de paille sans ruban oscille au vent telle une belle sans mari, ou encore que la barque obéit à son gouvernail, la femme à son mari ? D'ailleurs, on appelle la lignée paternelle : *nôi*, qui veut dire intérieure, la principale, et la lignée maternelle : *ngoai*, extérieure.

Lors de notre visite, ma tante Quatre occupait la maison familiale. Elle avait quatre enfants, trois filles et un garçon de mon âge, le plus jeune. Mes cousines aidaient leur mère : l'aînée vendait du riz gluant sucré saupoudré de cacahuètes et de noix de coco au marché de Sadec, ce que faisait ma tante Quatre lorsqu'elle était jeune. Ma deuxième cousine s'occupait du jardin potager et du poulailler, tâches qui jadis incombaient à ma mère.

C'était la fin de l'été, les arbres du verger étaient lourds de fruits : bananes, goyaves, papayes et mangues. Quelle joie pour la citadine que j'étais de goûter à une mangue mûre juchée sur l'arbre ! Je me baignais dans le

Mékong avec mes cousines. Comme je ne savais pas encore nager, je m'accrochais au quai en bambou et me laissais flotter, hippocampe d'eau douce, dans la marée montante. Le temps s'y étirait dans le bonheur.

« Je n'ai pas terminé l'école du village et je le regrette, dit ma mère. Tu sais, quand on sait lire et écrire, on est libre à jamais. Lan, promets-moi que tu vas bien apprendre à l'école. Rappelle-toi que tu étudies pour toi-même, pour ton propre bien.

– Oui, maman, je te le promets ! répondis-je avec toute l'énergie de mon innocence. Je vais bien travailler à l'école.

– Bien sûr, tu sais que tu le pourras ! »

Après le voyage à Sadec, ma mère, qui n'avait pas terminé l'école primaire et qui ne parlait pas un seul mot en français, s'était arrangée pour m'inscrire au centre scolaire Colette de Saigon. Sur le pénible chemin menant à l'école française, étrennant mes souliers neufs et trimbalant mon cartable lourd de savoir, j'enviais mes cousines qui vivaient au bord du Mékong.

Je revoyais les flots tranquilles du fleuve, les barques effilées sur l'onde, les cahutes sur pilotis et les ponts de singe en bambou. Telles étaient les premières images gravées à jamais en moi, un paysage idyllique de carte postale. Mais à huit ans, je ne savais pas encore que ma mère avait vécu à la lisière de la pauvreté. Grâce à elle, j'avais terminé mon école primaire et réussi de justesse le redoutable concours d'entrée au lycée français Marie-Curie de Saigon.

4

Je suis arrivée à Hanoi au début de l'automne 1999, avant l'avènement d'un nouveau siècle. Avec la politique du Renouveau en 1986, le Viêt-Nam est sorti de son isolement et s'est ouvert peu à peu au monde entier. Depuis 1995, le Viêt-Nam est membre de l'Association des nations de l'Asie du Sud-Est. En 1997, il a été l'hôte du Sommet de la Francophonie, une grande conférence internationale réunissant une cinquantaine de chefs d'État et de gouvernement de pays des cinq continents.

En tant que conseillère culturelle à l'ambassade, j'ai été invitée à faire partie d'une équipe technique chargée d'accompagner le pays dans l'organisation des fêtes du millénaire, l'an 2000. Hanoi a mis les bouchées doubles et se fait de plus en plus belle. Au fil de ma promenade dans la ville, je prends beaucoup mieux la mesure du Renouveau.

Je me suis rendu compte de la chance extraordinaire que j'ai de marcher à pas feutrés à travers l'histoire et la culture vietnamiennes. Je ne sais pas encore que je m'en vais à la rencontre de personnes qui ont fait l'histoire et la culture de ce pays. Inconsciemment, je cherche les vestiges de la si longue guerre, mais les bâtiments ont été reconstruits, les rues réparées, les abris antibombes fermés, les blindés et les avions transportés dans les musées depuis longtemps.

Hanoi est sans doute l'une des rares capitales d'Asie à avoir gardé intact un charme discret grâce à un ensemble architectural harmonieux, à ses larges avenues ombragées et à ses lacs tranquilles. Elle est conservatrice de traditions anciennes et en même temps s'ouvre vers l'avenir.

Sous le « protectorat » français, on avait divisé le centre-ville de Hanoi en deux secteurs : un quartier européen au sud et à l'ouest du *hô Hoàn Kiêm*, lac de l'Épée restituée, et un quartier autochtone correspondant à celui des Trente-six rues et corporations où se regroupaient jadis les différents métiers. Dans les années 1900, les Français ont construit des bâtiments grandioses au style néoclassique à la mesure de Hanoi, capitale de l'Union indochinoise.

Je visite le Palais présidentiel, ancien palais du gouverneur général de l'Indochine, où les rencontres du président avec les invités de marque auront lieu dans le salon principal sous l'immense buste du leader Hô Chi Minh. Je me rends ensuite à la Maison des hôtes du gouvernement, ancien palais de la résidence supérieure du Tonkin, où logeront ces personnalités. Ce bâtiment historique a reçu une nouvelle couche de peinture crème.

Henry Kissinger, alors conseiller du président Nixon à la sécurité nationale, avait effectué une première visite à Hanoi au début de 1973. Il relata dans ses Mémoires[2] que le mode d'existence qu'on lui avait préparé à la Maison des hôtes du gouvernement était à la fois « fastueux et un peu ahurissant ». En effet, les dimensions de sa chambre ne manquaient pas de majesté. Cependant, dans la salle de bain, il y avait de l'eau chaude mais le bain ne possédait pas de bouchon, et le lavabo ne fournissait que de l'eau froide. De plus, il se faisait réveiller à cinq heures trente chaque matin par un homme qui faisait de la gymnastique juste sous la fenêtre de sa chambre. Il se disait « assez paranoïaque » pour soupçonner ses hôtes de se livrer à une tentative de guerre

[2] *Les années orageuses*, Henry Kissinger, Fayard, 1982.

psychologique à son endroit. La Maison des hôtes du gouvernement a depuis été restaurée.

Je passe sous les colonnes du Grand Opéra au numéro 1 de la rue Trang Tiên, anciennement rue Paul Bert. Il a été bâti en 1911 sur le modèle du Palais Garnier de Paris. Les ouvriers ont travaillé d'arrache-pied pour le restaurer. Ils ont collé des pièces de mosaïque à la main dans les couloirs du Grand Opéra. « C'est de la mosaïque de Bat Trang », m'explique un ouvrier, en nommant ce village d'artisans près de Hanoi, célèbre pour sa céramique. Les jardiniers ont aménagé des parterres de fleurs et transplanté au lever du jour des palmiers royaux, immenses et majestueux. Le Grand Opéra est fin prêt pour les spectacles célébrant l'an 2000.

5

Si Hanoi est depuis 1975 la capitale de la République socialiste du Viêt-Nam, Huê fut de 1804 à 1945, soit pendant plus de cent quarante ans, la capitale impériale. Le fondateur de la dynastie Nguyên, Nguyên Phuc Anh, avait réunifié le pays du Nord au Sud en 1804. Devenu empereur, il avait pris comme nom de règne Gia Long. Gia de Gia Dinh, ancien nom de Saigon, et Long de Thang Long, qui veut dire « le dragon qui prend son envol », ancien nom de Hanoi. Il avait choisi Huê au centre du pays comme capitale impériale. Avant de construire la Citadelle, Gia Long avait consulté les devins et les géomanciens. Ceux-ci avaient étudié son emplacement vis-à-vis du soleil et de la lune ainsi que son harmonie avec les éléments sacrés, *sông Huong*, la rivière des Parfums et *nui Ngu*, la Montagne royale.

Si l'empereur Gia Long croyait que la barrière montagneuse protégerait la nouvelle cité des invasions étrangères, il se trompait. Le danger était venu non pas du Nord mais de l'Occident. Il était arrivé non pas de la terre mais de la mer. Munis de leurs vaisseaux de guerre, les *Tây* ou Occidentaux, en l'occurrence les Français, s'emparèrent de Saigon en 1859.

En 1883, le vaisseau *L'Atalante* attaqua Huê en baie de Tourane. Le jeune lieutenant Julien Viaud, sous son nom de plume Pierre Loti, à bord du vaisseau, écrivit dans son journal : « Après tout, en Extrême-Orient, détruire, c'est la première loi de la guerre. Et puis, quand on arrive avec une poignée d'hommes pour imposer sa loi à tout un pays immense, l'entreprise est si aventureuse qu'il faut jeter beaucoup de terreur, sous peine de succomber soi-même[3]. »

Cette diplomatie de la canonnière avait permis à la France d'annexer tout le Viêt-Nam en 1884. Par quel hasard de l'histoire, l'Administration française avait-elle rebaptisé le Viêt-Nam du nom d'Annam qui veut dire « Sud pacifié » ? Aurait-elle voulu faire comme la Chine, l'Empire du Milieu qui, pendant plus de mille ans, l'avait appelé ainsi, pour asseoir son pouvoir sur ce territoire du Sud ? La France avait divisé le pays en trois régions : la Cochinchine dans le Sud, l'Annam dans le Centre et le Tonkin dans le Nord. L'Annam désignait le pays tout entier et en même temps la région du Centre.

Le dicton « diviser pour régner » date certainement de cette époque. La Cochinchine était une colonie, alors que l'Annam et le Tonkin avaient le statut de protectorat. Avec le Cambodge et le Laos, également des protectorats, les cinq entités formaient l'Indochine française. Le gouverneur général de l'Indochine s'installa à Hanoi, assisté d'un lieutenant-gouverneur en Cochinchine et de résidents supérieurs dans les protectorats.

Le treizième empereur Nguyên, Bao Dai, régnait dans le Centre, une monarchie sous protectorat français. L'Administration française maniait de main de maître la division et en même temps le rassemblement car Bao Dai demeurait l'empereur de la population du Tonkin, de l'Annam et de la Cochinchine. Qui était donc cet empereur de la grande dynastie Nguyên ? Le prince Nguyên Phuc Vinh Thuy, fils unique de l'empereur Khai Dinh, est né en 1913 dans la Cité interdite de Huê. En 1922, à l'âge de neuf ans, il fut désigné prince héritier de la Couronne résidant au palais de l'Est.

---

[3] *Hué*, Pierre Loti, Magellan & Cie, 2007.

L'histoire relate que le Résident supérieur en Annam, représentant de la toute puissante « Nation protectrice », Pierre Pasquier, était présent à la cérémonie. Homme strict dans son costume noir, il se démarquait parmi les mandarins aux robes chatoyantes. Le Résident supérieur adressa ces paroles solennelles au prince héritier : « Le jour où vous avez reçu le sceau de votre future destinée, deux grandes figures se sont penchées sur vous, pour vous sourire et vous protéger : le Sage et Vieil Annam et la Douce et Belle France, resplendissante de clarté et de gloire[4]. »

Afin d'éviter des crises dynastiques, le quatrième empereur de la dynastie Nguyên, Minh Mang, qui avait eu 40 femmes et 142 enfants dont 78 fils et 64 filles, avait composé un poème dans lequel figurait une particule à ajouter au nom de famille de chaque génération pour la lignée masculine. Le poème était destiné à vingt générations de la dynastie dont voici les cinq premières particules : *Miên, Huong, Ung, Buu, Vinh.* Ces mots signifient : Brillant, Parfumé, Affable, Précieux, Glorieux.

Nguyên Phuc Vinh Thuy hérita de la particule *Vinh*, Glorieux. À la mort de son père, le prince héritier Vinh Thuy le Glorieux fut intronisé en 1926 à l'âge de douze ans. Il choisit comme nom de règne, Bao Dai, Protecteur de la Grandeur. L'Administration française publia dans les journaux la fastueuse célébration en l'honneur du nouveau Fils du Ciel, représentant du Ciel sur la Terre, médiateur entre l'univers cosmique et le monde humain. Après des études en France, Bao Dai regagna le Viêt-Nam en 1932 et monta effectivement sur le trône à l'âge de dix-neuf ans.

De la famille impériale, ma mère me parlait surtout de l'épouse de Bao Dai, la belle impératrice Nam Phuong, originaire comme elle du delta du Mékong. Je connaissais

---

[4] *Le dragon d'Annam*, S.M. Bao Dai, Plon, 1979.

son histoire par cœur. Bao Dai rencontra Jeanne-Mariette Nguyên Huu Thi Lan lors d'un gala organisé au palace Lang Bian à Dalat. Ce fut le coup de foudre suivi d'une belle histoire d'amour. Née en 1914 à Go Công, elle était la fille de Nguyên Huu Hao, un propriétaire terrien richissime du Sud. À l'âge de douze ans, elle fut envoyée au Couvent des Oiseaux à Neuilly en France. Après avoir obtenu son baccalauréat, elle rentra en Cochinchine en 1932 sur l'un des paquebots des Messageries Maritimes.

Mais la cour de Huê avait des réserves. Comme la jeune Jeanne-Mariette était catholique, l'éducation de futurs enfants poserait problème. Cependant, Bao Dai avait un allié de taille. Son projet de mariage était soutenu par Pierre Pasquier, devenu entretemps gouverneur général de l'Indochine. Celui-ci voyait d'un bon œil l'union de l'empereur avec une jeune femme éduquée et moderne. De plus, la fortune de la famille de la belle de Go Công était un atout non négligeable. Son grand-père et son père avaient bâti des écoles et des églises et fait d'énormes dons aux œuvres de charité.

Alors, Bao Dai passa outre aux réticences de la cour de Huê et se maria. Son épouse fut promue au rang de *Hoang Hâu*, Impératrice, avec le nom dynastique de Nam Phuong, Parfum du Sud. Très amoureux de sa femme, Bao Dai abolit également la polygamie pour l'empereur, tradition qui assurait aux souverains Nguyên une longue lignée. Pour l'Administration française, ce mariage de rêve illustrait une « pacification » réussie.

En épousant une femme du delta du Mékong, Bao Dai ne voulait-il pas charmer les gens du Sud, cultivateurs de ce vaste grenier de riz du pays ?

6

Du lycée Marie-Curie de Saigon à la Maison des hôtes du gouvernement à Hanoi à la veille de l'an 2000, j'ai traversé mer et monde. Là, je me trouve dans une salle de conférence de l'ancien palais de la résidence supérieure du Tonkin sur Ngô-Quyên, ex-boulevard Henri-Rivière. Nous sommes une trentaine de personnes provenant de différentes délégations pour discuter des dernières étapes de l'organisation des fêtes du millénaire.

Une femme en tunique traditionnelle, se détache du groupe et vient me serrer chaleureusement la main.

« Bonjour Lan, est-ce que tu te souviens de moi ?

– C'est bien toi, Hà ? Bonjour ! dis-je, surprise.

– J'ai appris que tu travailles dans une ambassade à Hanoi. Quand j'ai vu ton nom sur la liste des participants à cette réunion, j'étais persuadée que c'était toi.

– Tu es bien renseignée. Mais si, Hà, je t'ai tout de suite reconnue. Je me souviens parfaitement de toi. »

Hà travaille au bureau du ministère des Affaires étrangères du Viêt-Nam à Hô-Chi-Minh Ville. Parlant plusieurs langues, elle vient prêter main-forte à l'équipe du gouvernement à Hanoi responsable des festivités du millénaire. C'est tout de même étonnant de nous voir assises l'une en face de l'autre, nous, les deux anciennes élèves du lycée Marie-Curie de Saigon, elle représentant la délégation vietnamienne, moi une délégation occidentale.

Plus de vingt-cinq automnes ont passé. Mon amie Hà n'a pas changé, peut-être juste quelques rides de plus. Nous sommes maintenant des femmes dans la force de l'âge. Pour notre génération, la séparation ne se mesure pas en semaines, en mois ou en années, mais en décennies. Le temps avançant par bonds géants résume nos souvenirs. Mais dans notre esprit, ce n'est qu'hier et aujourd'hui. Mon passé me revient au galop comme un film que l'on déroule à toute vitesse.

J'attendais Hà tous les jours devant chez moi sur la rue Phan-Dinh-Phung, ex-rue Richaud. Chaque matin, nous longions ma rue et tournions à gauche pour entrer par la porte latérale du lycée Marie-Curie en compagnie de deux mille autres élèves. Je savais à cette époque que je ne devais poser aucune question à Hà sur ses parents car elle était élevée par sa grand-mère.

« Comment va ta grand-mère ?

– Elle est décédée l'année dernière, répond Hà les larmes aux yeux. Et comment va ta mère ?

– Je suis vraiment désolée ! Ma mère va bien mais elle a beaucoup vieilli.

– Tu sais, Lan, je t'ai tellement enviée autrefois, car ta mère était si belle. »

Ces mots de Hà m'ont donné un coup au cœur. Elle m'a raconté par la suite que sa mère avait rejoint le maquis en 1954 peu de temps après sa naissance pendant les négociations des Accords de Genève. Hà ne m'a pas parlé de son père. Était-il un combattant ? Est-il encore vivant ? C'est un mystère que je n'ose pas aborder. Dans notre conversation, il y a une frontière invisible qui sépare le temps : « avant 1975 » et « après 1975 ». Nous évitons de parler de la « chute de Saigon » ou de la « libération de Saigon », notre ville commune.

« Hà, comment ta mère et toi avez-vous renoué contact ?

– Ma mère est arrivée chez nous à Saigon un soir comme une personne qui revenait tout simplement d'un voyage. Elle a déposé sa valise après une absence qui a duré plus de vingt ans. En 1975, j'avais vingt-et-un ans. Elle m'avait terriblement manqué.

– Vous étiez séparées par la ligne de démarcation du 17e parallèle entre le Nord et le Sud.

– Ma mère avait fait un choix. Je respecte son sacrifice et je l'admire. Mais comment pourrais-je combler cette absence de vingt ans ? »

Après la rencontre avec Hà, le soir tombant, je marche dans les ruelles de la vieille ville de Hanoi. Je n'ai pas dit à mon amie du lycée qu'au moment où elle avait retrouvé sa mère, j'étais séparée de la mienne. Cette mère que j'avais quittée en 1972 était encore jeune et belle, mais celle que j'ai retrouvée en 1999 avait vécu de rudes épreuves et accumulé beaucoup de souffrance. Comme la mère de Hà, moi aussi je suis retournée à Hô-Chi-Minh Ville un soir. Maintenant, j'ai le même âge que la mère de Hà et la mienne qui, en 1975, étaient dans la jeune quarantaine.

Avant de quitter Hô-Chi-Minh Ville pour Hanoi pour y vivre avec moi, ma mère a cuisiné mes plats préférés du Sud : du riz, des crevettes sautées et une soupe aigre-douce de poisson au tamarin avec des tomates et des fèves germées. C'était sa façon d'exprimer son affection pour moi. J'ai humé les odeurs et goûté aux saveurs de mon enfance. Mes souvenirs perdus me sont restitués. Mes émotions enfouies se sont libérées. J'ai retrouvé intact le petit bonheur d'antan au coin de la cuisine auprès de ma mère.

Je suis rentrée à la maison.

7

Pendant la Seconde Guerre mondiale, l'Indochine était comme un îlot qui dérivait à dix mille kilomètres de la France. En quelques mois seulement, les Japonais étaient devenus maîtres de l'Asie du Sud-Est. Le Traité de Tokyo signé en 1941 entre la France de Vichy et le Japon permettait aux troupes nippones de se stationner en Indochine en échange de la reconnaissance du Japon de la souveraineté française sur le territoire.

« Les Japonais avaient une théorie simpliste pour les gens du peuple comme nous, relata ma mère. Ils disaient que si on cassait un œuf, le jaune, la partie « noble », colorerait tout le blanc, la partie « vile ». Mais depuis l'occupation japonaise, notre vie était devenue misérable. Lorsque les soldats japonais traversaient notre village, nous nous cachions dans les bois pour ne pas nous faire violer. Nous étions terrifiées par ces soldats d'une brutalité inouïe. »

Mais à l'approche des Alliés, le 9 mars 1945, sachant que la défaite était imminente, les Japonais lancèrent un coup de force et prirent le contrôle de l'Indochine française. Se voyant porteurs d'un grand destin, les élus de l'Empire du Soleil levant voulaient libérer les peuples indochinois soumis au joug français. Acculés au pied du mur, les Japonais avaient encore des cartes à jouer, ils n'avaient pas dit leurs derniers mots. Il ne fallait pas sous-estimer leurs forces.

À Huê, l'empereur Bao Dai se complaisait dans l'oisiveté. C'était une forme de résistance sans doute, à sa manière. Il fallait durer. Il adorait la chasse et passait beaucoup de temps à l'affût des buffles sauvages et des sangliers sur les hauts plateaux de Ban Mê Thuôt. Mais il aimait en particulier chasser pendant des nuits et des nuits entières *Ông Cop*, Seigneur Tigre.

Les paysans élevaient le roi de la jungle à la haute dignité de Seigneur Tigre en espérant que grâce à ces marques de respect, il leur épargnerait la vie. La jungle ne serait rien sans le Tigre, son Seigneur. Mais on ne prononçait son nom qu'à voix basse, car le Tigre avait l'oreille fine. Bao Dai ne manquait pas de courage. Au cours de ses expéditions nocturnes, seulement quelques gardes l'accompagnaient. Dans le silence de la nuit profonde, l'empereur d'Annam attendait patiemment son heure.

L'heure de gloire arriva. Le 11 mars 1945, Bao Dai, que certains considéraient comme un empereur de paille, proclama l'indépendance du Viêt-Nam. Une indépendance tant rêvée certes, mais des mains de l'occupant japonais.

Loin des agitations politiques de Hanoi et de Huê, ma grand-mère et ma mère se rendirent un matin au marché de Sadec pour vendre des fruits du jardin, bananes et goyaves. En passant devant la mairie, elles virent des officiers français défiler dans leurs uniformes salis aux décorations arrachées. Ils étaient sous bonne garde des soldats japonais au crâne rasé qui aboyaient des ordres dans une langue gutturale. Dans cette Asie si subtile en symboles, perdre la face équivalait à perdre l'honneur.

Sur la place du marché, elles assistèrent à une exécution publique. Un officier japonais arriva, droit et raide, des soldats se mirent au garde-à-vous et présentèrent leurs armes. Un ordre éclata comme un tonnerre, un éclair zébra le ciel et une tête tomba avec un bruit mat comme un fruit mûr. Et les badauds, hypnotisés par l'horreur, regardèrent le corps sans tête qui s'affaissa.

« Le riz du delta du Mékong produit par de petits agriculteurs comme mon père était confisqué pour nourrir l'armée japonaise, poursuivit ma mère. Nous manquions de riz. Même avec les intempéries du passé, on n'avait jamais vu cela. Pour les repas quotidiens, nous mangions du riz concassé mélangé aux patates, du riz en miettes de très mauvaise qualité que nous gardions auparavant pour les poules. Au fur et à mesure de leur retraite, les soldats japonais pratiquaient la politique de la terre brûlée. Ils détruisaient et brûlaient tout sur leur passage, laissant derrière eux des champs de ruines. Des milliers de gens mouraient de faim dans le delta du fleuve Rouge dans le Nord où les conditions étaient bien plus difficiles. »

Ce matin-là, en passant par l'embranchement du fleuve, ma mère aperçut un attroupement au quai. Au loin, elle vit une flottille de vaisseaux de guerre battant pavillon japonais, un soleil rouge sur fond blanc. Les villageois les montrèrent du doigt.

« *Nhât* ! Les Japonais ! »

Certains les saluèrent de leurs bras levés, d'autres s'inclinèrent humblement en joignant les mains. Sans sommation, un des vaisseaux tira une salve de canons sur le marché de Sadec. Les gens paniqués se dispersèrent dans toutes les directions. Les vendeuses attrapèrent leurs poissons sur les étals et les rejetèrent dans des seaux d'eau. Les marchands de soupe filèrent, poussant leur voiturette chargée de vermicelle, de porc et d'oignons verts. Les vendeuses ambulantes entassèrent hâtivement des gâteaux dans des paniers qu'elles portèrent sur leur tête. Un enfant égaré, debout au milieu de la place, hurla à tue-tête.

Ma mère prit son panier de fruits, empoigna sa mère par la taille et l'entraîna dans un sentier. Les salves de canons furent suivies de crépitements d'armes automatiques et de cris apeurés de la foule. Les deux femmes coururent le dos courbé et la tête baissée pour éviter les balles perdues. Lorsqu'elles aboutirent finalement à leur paillote, elles étaient à bout de souffle. Ma mère était en train de fermer la grille du jardin lorsqu'elle entendit un cri jaillir de la maison :

« Ô Seigneur Bouddha ! »

Elle se précipita dans la pièce. Sa mère était à genoux sur le sol à côté de son mari qui gisait face contre terre. Il ne respirait plus. Au même moment, sa sœur Cinq arriva, tirant par les bras ses deux jeunes frères Sept et Huit. À la vue de leur père inerte, ils se jetèrent sur lui et sanglotèrent.

« Un malheur n'arrive jamais seul, dit ma mère. Mon père, le pilier de notre famille, est décédé alors que je n'avais que quinze ans. Il est mort d'épuisement. Il avait travaillé très fort dans sa rizière qui ne rapportait presque rien depuis l'occupation japonaise. Comme mon frère Deux travaillait comme manœuvre en ville, c'était mon frère Trois qui remplaçait notre père à la tête de la famille. Nous nous retrouvions encore plus démunis qu'avant. »

8

À Sadec, le jour des funérailles de son père, ma mère réveilla ses jeunes frères et leur fit porter des chemises taillées sommairement dans de la toile blanche. Ses frères Sept et Huit étaient encore trop petits pour comprendre que leur père était parti à jamais. Frère Trois attendait devant la porte avec sa charrette à buffle. Les femmes, turbans de gaze blanche enroulés sur la tête, étaient revêtues d'une tunique blanche dont l'ourlet était décousu pour signifier la douleur des membres de la famille. Le blanc est couleur de deuil au Viêt-Nam.

Les voisins arrivèrent avec un cercueil en plaquettes de bois fabriqué à la hâte. Frère Trois enveloppa son père dans un linceul de toile et le coucha dans le cercueil. Il y déposa en offrandes des pièces de monnaie et des graines de riz.

Le cortège se dirigea vers la rizière familiale à l'autre bout du village. Un vieux bonze en robe de safran frappa de temps à autre sur un gong. Ma grand-mère, en pleurs, était soutenue par ses filles. Ma mère porta la couronne mortuaire, suivie par ses jeunes frères. Ils marchèrent en rang d'oignons derrière le cercueil porté par frère Trois et des voisins. Ils trébuchèrent de temps à autre sur les diguettes séparant les rizières gorgées d'eau.

Sur un amoncellement de terre, des hommes creusèrent un trou assez profond pour enterrer le cercueil. L'eau de la rizière ne devait pas souiller le corps du défunt dont la tête était orientée vers le nord. Ma grand-mère alluma un bouquet de baguettes d'encens et se prosterna trois fois. Elle distribua ensuite à chaque membre de la famille trois baguettes d'encens pour un dernier hommage au disparu. Frère Trois et les voisins descendirent le cercueil au fond de la fosse. Ma grand-mère prise par la douleur s'affaissa par terre. Ma mère et ses sœurs se précipitèrent pour la relever. Ses jeunes frères pleurèrent à chaudes larmes :

« *Ba* ! *Ba oi* ! Père ! Père ! »

Frère Trois déposa ensuite la couronne mortuaire, brûla des vêtements en papiers votifs et des copies de piastres pour le voyage de l'âme du défunt dans l'au-delà. Il planta des baguettes d'encens dans la terre fraîche au pied de la tombe. Le vieux bonze psalmodia une prière : « Le corps deviendra poussière, mais l'esprit sera éternel. »

Une pluie fine et tiède tomba. Après la cérémonie, les gens du cortège funéraire retournèrent au village en rang d'oignons, silhouettes frêles sur des diguettes entre les rizières. Sur le chemin du retour, dans un brouillard lourd qui rasait la terre, la marche était silencieuse, rythmée par les croassements joyeux de crapauds-buffles qui célébraient la pluie.

9

La guerre américaine s'est terminée en 1975. Vingt-cinq ans ont passé mais des dizaines de milliers de Vietnamiens la vivent encore dans leur chair en cette fin de siècle.

Faire connaître le problème de la dioxine est un combat que livre quotidiennement Madame Nguyên Thi Binh, vice-présidente de la République socialiste du Viêt-Nam depuis 1992. Elle désire obtenir l'appui moral du monde entier. Aujourd'hui, elle a choisi ce sujet pour s'adresser à un groupe d'ambassadeurs, de chefs de mission et de diplomates des pays occidentaux à Hanoi.

Madame Binh fut l'une des architectes des Accords de Paris en 1973 qu'elle a signés au nom du Gouvernement Révolutionnaire Provisoire (GRP) du Sud Viêt-Nam. Elle était à ce moment ministre des Affaires étrangères du GRP.

Je n'en reviens pas de la voir devant moi, encore alerte malgré son long parcours et ses nombreux combats, celle qui avait osé affronter les régimes militaires successifs du Sud soutenus par les Américains.

Née en 1927, Madame Binh vient d'une famille illustre. Son grand-père, Phan Châu Trinh, était un patriote anticolonialiste. Elle a suivi ses traces en luttant contre le régime colonial à dix-huit ans. Elle a été emprisonnée par la Sûreté française dans la prison de Chi-Hoa à Saigon en 1951 pour avoir organisé des manifestations. À sa sortie de prison en 1954, après les Accords de Genève mettant fin à la colonisation française en Indochine, elle a continué la lutte contre le président Ngô Dinh Diêm, au sein du Front de Libération Nationale du Sud Viêt-Nam et ensuite du GRP.

« Nombreux sont les hommes, les femmes et les enfants qui ont été victimes de cette pluie de la mort lente tombée du ciel qui se nomme dioxine, explique-t-elle. Non seulement blessées dans leur chair et dans leur esprit, ces personnes vivent en plus dans la honte et la tristesse profonde. »

De 1961 à 1971, les Américains ont mené au Viêt-Nam la plus grande guerre chimique de l'histoire, d'une ampleur jamais vue. Ils ont déversé plus de 80 millions de litres de défoliants très puissants pour détruire la végétation sur la piste Hô-Chi-Minh et dans le delta du Mékong, dans le but d'empêcher l'ennemi d'y trouver refuge. L'agent orange, du nom de la couleur des barres peintes sur les bidons, contenait de la dioxine hautement toxique pour la santé de la population.

« Près de trente ans après l'arrêt de son épandage, la dioxine est toujours présente au Viêt-Nam, dit Madame Binh. L'agent orange tue en silence. Les enfants naissent encore avec de terribles malformations. C'est une véritable catastrophe humanitaire qui continue. Le cycle des malheurs ne s'arrête pas. »

L'incidence sur la santé de la population dans les zones où ont été déversés les défoliants est élevée. On estime qu'il y a plus d'un million de personnes qui présentent des séquelles physiques à des degrés divers, directement reliées à cette guerre chimique : cancers, maladies de la peau, problèmes musculaires, désordres nerveux et troubles mentaux.

Déjà en 1980, le Viêt-Nam a constitué un comité composé de chercheurs travaillant en collaboration avec des scientifiques de plusieurs pays, y compris les États-Unis. Après beaucoup d'hésitations et d'atermoiements, le gouvernement américain a fini par indemniser en 1991 les vétérans américains victimes de l'agent orange. Mais il ne reconnaît toujours pas qu'il y a un lien de cause à effet entre le déversement de la dioxine et les graves problèmes de santé de la population vietnamienne.

J'ai envie de dire à ce gouvernement si puissant : « De grâce, ne cherchez pas ailleurs, la plus grande guerre chimique de l'humanité a été perpétrée au Viêt-Nam. Elle y a laissé son empreinte digitale ».

« Il est important de sensibiliser l'opinion publique mondiale que des victimes vietnamiennes souffrent encore des effets de la dioxine. Nous avons besoin du soutien du monde entier. Je lance un vibrant appel aux États-Unis pour qu'ils acceptent la part de responsabilité qui leur revient », conclut Madame Binh.

10

En 1945 à Huê, l'heure de gloire de Bao Dai fut brève. La déclaration d'indépendance sous l'égide du Japon, ne fut qu'un coup de sabre dans l'eau. À Hanoi, Hô Chi Minh constitua un Comité national de libération et demanda l'abdication de l'empereur. Des manifestations monstres en faveur de Hô Chi Minh secouèrent la ville impériale et la situation risqua de dégénérer.

Le 25 août 1945, Bao Dai abdiqua. Le treizième empereur mit fin au règne des Nguyên de plus de cent quarante ans. Il remit le pouvoir à une délégation envoyée par Hô Chi Minh. L'un des membres de cette délégation était un jeune poète révolutionnaire du nom de Huy Cân que j'ai rencontré à Hanoi. Dans l'acte d'abdication, Bao Dai écrit : « Mieux vaut être citoyen d'un pays indépendant que d'être roi d'un pays esclave. »

Cet épisode est connu sous le nom de Révolution d'Août 1945. Tô Huu, originaire de Huê, devenu poète officiel de la lutte de libération, a écrit ces vers exaltants intitulés *Huê, Août 1945* :

Maintenant, ô ma ville : Huê ! (...)
Notre poitrine oppressée depuis quatre mille ans,
Aujourd'hui à midi un grand vent
La gonfle de nouveau.
Le cœur soudain devient soleil[5].

---

[5] *Anthologie de la poésie vietnamienne. Le chant vietnamien. Dix siècles de poésie.* Gallimard, 1981.

Le 2 septembre 1945, Hô Chi Minh annonça à la place Ba Dinh à Hanoi la création de la République démocratique du Viêt-Nam. Peu de temps après la reddition sans condition du Japon, les Français, grâce à la complicité des Anglais qui voulaient maintenir eux aussi leur empire en Asie, revinrent en force en Indochine avec la ferme intention de combattre Hô Chi Minh qui regagna le maquis. Les Américains, bien qu'opposés au colonialisme, fermèrent les yeux sur le retour de la France en Indochine, car ils voulaient préserver une bonne entente avec la France afin de contenir l'expansion soviétique en Europe.

Les Accords de la baie d'Along en juin 1948, négociés entre la France et l'ex-empereur Bao Dai, reconnaissaient au Viêt-Nam le statut d'État indépendant, du moins sur papier. L'État du Viêt-Nam, tout comme le Cambodge et le Laos indépendants, maintenait son statut d'État associé à la France. Bao Dai fut rétabli comme « Chef de l'État » du Viêt-Nam réunifié. Il se faisait toutefois appeler « Sa Majesté, Chef de l'État ». Mais le gouverneur général de l'Indochine n'avait pas vraiment l'intention de lui remettre le pouvoir. Bao Dai forma un nouveau conseil des ministres plutôt symbolique et s'installa à Dalat où il pouvait pratiquer avec plaisir son sport favori : la chasse.

On croyait que rien ne se passait dans le delta du Mékong, en raison de la douceur de vivre du Sud. Et pourtant, le mouvement anticolonial Viêt-Minh s'organisait. Viêt-Minh est le nom raccourci de *Viêt-Nam Dôc Lâp Dông Minh Hôi*, la Ligue pour l'Indépendance du Viêt-Nam, établie par Hô Chi Minh. On inventa tout un vocabulaire pour ne pas prononcer les mots Viêt-Minh, de peur de se faire arrêter par la Sécurité française. Ainsi, pour indiquer que quelqu'un s'était rallié au Viêt-Minh, ma mère disait qu'il était passé « de l'autre côté ».

J'imaginais qu'un homme passait de l'autre côté du miroir et devenait invisible. Il devenait un « dormant », quelqu'un qui vivait dans un village et partageait le dur labeur avec les paysans pour y mener une activité révolutionnaire. Et ce « dormant » à Sadec recrutait. Il demandait à chaque famille d'envoyer une personne pour participer au mouvement Viêt-Minh.

Ma mère fut envoyée par sa mère pour participer au mouvement Jeunesse d'avant-garde du Viêt-Minh. Pourquoi ma grand-mère l'avait-elle choisie et non un de ses enfants plus âgés ? Elle avait bien vu que sa fille Sáu était vive et surtout débrouillarde. Ma mère était contente de sortir de la paillote car depuis la mort de son père, la vie familiale était triste et il y avait peu de conversation.

La réunion eut lieu dans le bois sous un préau au toit de paille. Ma mère reconnut une quinzaine de garçons et de filles de son village. Tous portaient des vêtements rapiécés, mais propres pour l'occasion. L'organisateur du mouvement, un homme portant un ensemble noir, s'appelait Nam. Il invita ma mère à se présenter la première d'un geste encourageant de la main. Confuse, elle se leva et s'entendit parler d'une voix déterminée :

« Mon nom est Sáu. J'ai seize ans. J'habite à Sadec. »

Le camarade Nam invita les autres jeunes à l'applaudir et lui dit :

« Merci, Sáu ! »

Dans son exposé, Nam parla de la misère du peuple. Il rappela aux jeunes gens qu'ils étaient opprimés par le préfet de la province de Vinh Long et sa clique du conseil des notables. C'était un *Viêt-gian*, un traître vietnamien qui collaborait avec le régime colonial. Ma mère était mal à l'aise. Tout ceci était bien nouveau pour elle. Elle appartenait à la race des paysans durs à la tâche qui abattaient de l'ouvrage sans jamais se plaindre. Leur vie avait toujours été ainsi depuis des générations. Elle ne savait pas que sa famille était pauvre et exploitée. Elle se contentait de répéter les slogans contre les colonisateurs français et les traîtres vietnamiens avec beaucoup de conviction dans la voix et dans le regard. Pour faire comme les autres.

Puis, le groupe se scinda en deux. Les garçons sortirent à l'extérieur pour s'entraîner à manier des fusils en bois. Les filles apprirent les rudiments des premiers soins. Ma mère était contente d'être au sein de ce groupe. Elle sentait qu'elle existait à travers le regard des autres. Elle avait voix au chapitre. Elle participait à la marche du monde.

À la fin de la session, on l'avait même choisie pour devenir « courrier » du Viêt-Minh, une affectation spéciale. Ainsi, lorsqu'elle allait avec sa mère au marché de Sadec pour vendre des fruits du jardin, elle transportait des documents cachés dans son panier pour les transmettre à des messagers. D'autres jeunes étaient chargés de répandre des tracts anticolonialistes à l'aube dans les écoles, les parcs et les marchés publics.

Le camarade Nam leur répéta sans cesse :

« Vous êtes l'espoir de notre pays. Nous avons besoin de jeunes gens comme vous pour servir notre Révolution. »

11

Très loin du palais de Bao Dai dans la fraîcheur des collines de Dalat, très loin des bals avec des hommes en smoking et des femmes en robes longues au palace Lang Bian, derrière la haie de bambou limitant le village de Sadec, dans une paillote au bord du Mékong, une femme était en train d'accoucher sur un bat-flanc en bambou.

Exactement comme dix-huit ans auparavant à la naissance de ma mère, la paillote était restée la même, un grand lit en bois trônant au milieu de la pièce et un petit bat-flanc occupant un coin de la cuisine. Sur un des murs, un calendrier jauni par l'humidité indiquait l'année 1948. Ici, à Sadec, dans le cœur du delta du Mékong, sur cette terre chaude et grasse du Sud, on refaisait les gestes de la vie quotidienne, les mêmes gestes que l'on répétait de mère en fille.

Cette femme couchée sur le bat-flanc était ma mère. Ma grand-mère était transformée en sage-femme. Sa fille Quatre restait à côté d'elle avec des serviettes et une bassine d'eau chaude. Elle savait comment s'y prendre. À force de se contracter, ma mère était harassée de douleur. L'enfant à naître se cramponnait dans son ventre, préférant flotter dans le liquide amniotique. Il ne semblait pas vouloir sortir pour affronter la dure réalité, comme s'il savait qu'il n'était pas désiré. Il devait capter les signaux de détresse de sa mère. Dans un effort ultime, ma mère poussa de toutes ses forces. Elle était exténuée.

« Sáu, c'est un garçon ! Tu as un garçon ! Qu'il est laid ! Mais qu'il est laid ! », s'exclama sa sœur Quatre en dissimulant un sourire satisfait.

Vite, faire tout son possible pour cacher aux mauvais génies l'enfant qui venait d'arriver au monde, pour lui laisser une chance de survivre. Vite, ne pas montrer aux dieux malins que le nouveau-né était en bonne santé et qu'il avait tous ses doigts et tous ses orteils. Crier tout haut qu'il était « laid » pour tromper les génies malfaisants. Non, cette goutte de vase ne saurait faire ombrage à leur gloire ! Cette larve humaine si faible ne saurait amoindrir leur puissance !

« Non, je ne veux pas de cet enfant, dit ma mère en sanglotant. Un garçon ou une fille, qu'est-ce que cela change ? Qui veut d'un garçon sans père ? Il n'est qu'un bâtard, qui apporte la honte à la famille ! »

Ma mère rougissait encore de honte en pensant aux moqueries des enfants qui lui criaient : « Fille-mère ! », et des femmes du village qui chuchotaient derrière son dos : « Une cloche fêlée ne sonnera jamais de façon claire ». Sa mère la soutenait énergiquement : « Quoiqu'il arrive, tu vas te tenir debout. Tu vas te battre pour ton fils, tes frères et tes sœurs. Nous comptons sur toi, ne l'oublie pas ! »

Sa sœur Quatre déposa le nouveau-né sur sa poitrine. « Mon petit ! Mon fils ! », murmura-t-elle. Elle sentit une bouffée de chaleur monter en elle. Maintenant, une autre page de sa vie allait commencer.

Elle pensa à l'homme qui l'avait séduite un soir sur un tapis de mousse, derrière la haie de bambou, au bord du Mékong, fleuve témoin de leur amour. Cet homme qu'elle avait aimé avec l'innocence de sa jeunesse, cet homme qu'elle avait porté dans son cœur pendant ces neuf mois de grossesse, avait disparu de sa vie sans un mot. Elle n'avait eu ni vent, ni nouvelle de lui. Elle avait eu beau scruter le ciel, les nuages, les arbres, mais aucun signe de lui. De lui, elle n'avait jamais parlé à personne, ni à sa mère, ni à sa sœur Cinq de qui elle était pourtant très proche. De lui, il ne restait que cet enfant. Non, elle ne voulait pas se rappeler de son visage, de ses yeux, de sa bouche et de ses mains. Elle ne voulait plus jamais prononcer son nom.

Ma mère, à travers ses larmes, jura de bannir à jamais cet homme de sa mémoire et de se battre jusqu'au bout pour élever son enfant qu'elle nomma Hùng, qui signifie Courage.

12

Par une nuit sans lune, ma mère partit discrètement de Sadec. La rizière à perte de vue ressemblait à une mosaïque tremblotante. Elle tâta la ceinture en coton nouée autour de son ventre contenant quelques piastres que sa mère avait économisées centime par centime. Des lucioles tourbillonnaient au loin au-dessus des tombes comme des âmes errantes. Elle s'efforçait de ne pas penser aux histoires de fantômes que l'on racontait dans ce coin du delta du Mékong. À Sadec, on trouvait parfois quelques pauvres hères errant comme des zombies sur la route, oubliant jusqu'à leur nom, la bouche remplie d'argile. On disait alors que leurs âmes étaient volées par des fantômes. Non, surtout ne pas penser aux fantômes maintenant.

Arrivée à la hauteur des tombeaux, ma mère eut un frisson dans le dos et marcha plus vite. Elle aperçut soudain deux taches de lumière sur un tertre. Elle sursauta de frayeur. Un cri rauque jaillit dans l'air et un oiseau de nuit prit son envol dans un grand battement d'ailes, mécontent d'être dérangé. Ma mère poussa un soupir de soulagement.

La rizière devenait de plus en plus clairsemée à la sortie du village. Elle marcha pendant des heures sur un petit sentier entrecoupé de marais remplis d'herbes fluviales. L'air était chargé d'une odeur persistante d'humus et de feuilles pourries. Sous ses pas, des lézards filèrent furtivement, leurs palmes griffant les branches basses.

Le Mékong là-bas ressemblait à un long animal marin aux écailles phosphorescentes. Ma mère pensait à Hùng, son bébé, si petit et si vulnérable. Cette séparation si soudaine avec son fils lui tomba dessus comme un mal physique. De grosses larmes débordèrent de ses yeux. Elle avait l'impression d'être seule au monde sur ce rivage du Mékong sous un ciel déchiqueté d'étoiles. Elle savait qu'elle devait quitter sa famille et son village natal.

Le vent avait tourné. Les Français étaient redevenus les maîtres des lieux et le Viêt-Minh avait regagné la jungle du delta du Mékong. Ceux, comme elle, qui avaient participé au mouvement Jeunesse d'avant-garde, étaient dénoncés comme sympathisants Viêt-Minh. Certains disparaissaient dans les geôles du gouvernement. Les plus endurcis se retrouvaient dans des cages à tigre au bagne de Poulo Condor.

Le ciel commençait à pâlir vers l'est. La magie s'emparait de l'aurore et la couvrait de nuances roses et violettes. Au petit matin, la brume d'humidité exhalée de la plaine se dispersait et dévoilait aux yeux éblouis de ma mère un nouveau Mékong rempli de jonques et de sampans chargés de fruits et de légumes. Elle pressa le pas vers le bac qui ralliait l'autre rive du fleuve dans un long gémissement de vieilles ferrailles.

13

L'organisation des festivités de l'an 2000 à Hanoi m'a permis de constater que le français est en nette régression au Viêt-Nam, depuis une quarantaine d'années dans le Nord et une vingtaine d'années dans le Sud, par rapport aux langues russe, chinoise et japonaise. Depuis l'ouverture du pays sur le monde en 1986, l'anglais est la première langue étrangère choisie par la majorité des jeunes Vietnamiens, langue du commerce et des affaires.

Après la dissolution de l'Union soviétique en 1991, après l'immense choc de la perte du grand frère socialiste, le gouvernement de Hanoi avait demandé à bon nombre de professeurs vietnamiens qui enseignaient le russe de se recycler en professeurs d'anglais. Maigre consolation pour le français dont le statut est d'une grande fragilité au Viêt-Nam, qui a pourtant un long passé francophone.

J'ai l'honneur de dîner ce soir à Hanoi avec l'écrivain Huu Ngoc et son ami le poète Huy Cân. Le terme « trésor national vivant » utilisé au Japon pour désigner un artiste exceptionnel pourrait bien s'appliquer à cet écrivain érudit et à ce poète révolutionnaire.

À l'occasion du Sommet de la Francophonie à Hanoi en 1997, des articles sur l'histoire et la culture vietnamiennes écrits en français par Huu Ngoc ont été rassemblés dans un recueil intitulé *Esquisses pour un portrait de la culture vietnamienne*[6]. Ce précieux livre a été offert aux chefs d'État et de gouvernement.

[6] *Esquisses pour un portrait de la culture vietnamienne*, Huu Ngoc, Éditions Thê Gioi, Hanoi, 1996-1997.

Né en 1918 à Hanoi dans une famille originaire de la province de Bac Ninh dans le Nord, Huu Ngoc est reconnu dans le monde entier comme le spécialiste de l'histoire et de la culture vietnamiennes.

Il aime parler de la formule qu'il a conçue pour raconter l'histoire du Viêt-Nam : 1 000 + 1 000 + 900 + 80 + 30 ans : soit 1 000 ans de civilisation des Viêt du fleuve Rouge, 1 000 ans de domination chinoise, 900 ans d'indépendance nationale, 80 ans de colonisation française et 30 ans de guerre d'indépendance contre les Français et les Américains, de 1945 à 1975.

« Nous avons un élément commun avec nos pays voisins comme la Chine du Sud, le Laos, le Cambodge, la Thaïlande, la Malaisie et l'Indonésie, c'est le fameux tambour de bronze. Nos agriculteurs se servaient de ces tambours rituels pour demander la pluie au Ciel, car ils pratiquaient la culture du riz dans des zones inondées. »

Les Vietnamiens se disent poétiquement « descendants du dragon et de la fée ». Selon la légende, le roi *Lac Long* épousa une fée, *Âu Co*. Elle donna naissance à cent garçons. Afin de créer un pays, le roi de la lignée du dragon emmena cinquante enfants sur les rivages de la mer et la fée, les cinquante autres sur la montagne. Les cent tribus Viêt formèrent ainsi un nouveau pays. Grâce à la découverte des tambours de bronze dans le village de Dông Son, dans la province de Thanh Hoa dans le Nord, on a authentiquement identifié une civilisation antique dans le delta du fleuve Rouge.

« En raison de l'héritage culturel de la Chine, les deux tiers des mots vietnamiens ont une origine chinoise, alors il faut bien protéger le dernier tiers qui est purement vietnamien. Hô Chi Minh, polyglotte, a parfois changé certaines expressions vietnamiennes contenant des mots d'origine chinoise par de nouvelles expressions vietnamiennes plus modernes », explique Huu Ngoc, qui avait personnellement connu Hô Chi Minh pour lequel il avait traduit des textes.

L'écrivain Huu Ngoc reconnaît que le français n'occupe plus une place de premier plan au Viêt-Nam. Selon lui, on ne dira jamais assez le mal causé par le colonialisme. Il croit cependant que par le phénomène d'acculturation, c'est-à-dire que « les cultures prennent chacune à l'autre ce qui leur semble bon et rejettent ce qui ne leur convient pas », la culture vietnamienne s'est enrichie au contact de la culture française dans les domaines techniques, scientifiques et littéraires.

« Notre pays a connu de grands bouleversements en raison de la guerre, la révolution sociale et la politique du Renouveau, dit-il. La disparition du bloc soviétique, l'appartenance du Viêt-Nam à plusieurs organisations internationales ainsi que l'intégration régionale du pays à l'Asie du Sud-Est ont amené d'autres changements. Dans un monde qui bouge et qui se transforme par des mutations spectaculaires, ce qui est important, c'est que notre culture soumise à des influences diverses cherche à se redéfinir sans se renier. »

14

La ville de Saigon que ma mère a connue dans les années 1950 dégageait une certaine douceur de vivre. C'était un court entracte dans un théâtre de guerre qui se préparait silencieusement dans le Nord et dont la violence allait se faire sentir. Mais à Saigon, on était bien loin de tout ça. Ma mère, jeune provinciale qui arrivait du delta du Mékong, admirait les beaux bâtiments blanc crème du quartier français situé sur le « Plateau », comme le palais du gouverneur général de l'Indochine, le palais du lieutenant-gouverneur, l'Hôtel de Ville et le palais de Justice. On y avait érigé, autour, des immeubles pour servir de banques, des locaux pour l'armée et la marine ainsi que des villas pour loger des administrateurs, des commerçants, des avocats et des médecins.

Les premières rues du Plateau portaient les chiffres de 1 à 26, puis les noms d'amiraux, d'amiraux-gouverneurs et de gouverneurs civils : Richaud, Bonard, Charner, Le Myre de Vilers... La rue la plus fréquentée du centre-ville était la rue Catinat, initialement rue 16 sur l'emplacement d'un canal comblé. De grandes maisons d'import-export s'y installèrent : Descours et Cabaud de Lyon, Denis Frères de Bordeaux et bien d'autres. La rue Catinat partait du quai Le Myre de Vilers et remontait jusqu'à une grande place qui donnait sur le Théâtre municipal.

En face du Théâtre municipal, l'hôtel Continental, grande bâtisse blanche de trois étages, s'étendait de toute sa longueur. Construit en 1880, cet hôtel particulier fut la propriété de Ferdinand d'Orléans, duc de Montpensier, chasseur et explorateur, qui rallia Saigon à Angkor en automobile en 1908. En 1930, la famille corse Franchini transforma le bâtiment en hôtel touristique, dont la terrasse ouverte réunissait à l'heure de l'apéritif l'élite coloniale, hommes en tenue de ville et femmes en robes soyeuses. Entre deux cocktails bien glacés, dans le ronronnement des ventilateurs, on commentait les dernières rumeurs de Saigon.

Du Continental, la rue Catinat rejoignait la cathédrale Notre-Dame, place Commune de Paris. Cette cathédrale en briques rouges, avec sa croix pointant vers le ciel, était le symbole victorieux d'une religion sur une autre. Premier édifice religieux d'importance construite à Saigon en 1880, la cathédrale fut qualifiée de « folie dispendieuse », car elle avait englouti un dixième du budget de la colonie. Mais l'homme fort derrière cette œuvre, Monseigneur François-Joseph Isidore Colombert, évêque de Samosate et vicaire apostolique de la Cochinchine occidentale, croyait fermement que « la France qui avait montré au peuple annamite la puissance de ses armes et la grandeur de sa civilisation devait également établir à ses yeux la supériorité de sa religion. »

À droite de la cathédrale Notre-Dame, l'Hôtel de la Poste s'illustrait grâce à sa belle verrière soutenue par une armature en fer signée Gustave Eiffel.

Le Grand canal, voie navigable pour jonques et sampans, qui rentrait à l'intérieur de Saigon, avait été remblayé en 1887 pour faire place au boulevard Charner. Mais il fallut attendre vingt-cinq ans, après d'âpres débats entre les urbanistes impatients de développer la ville et les commerçants soucieux de garder le Grand canal pour leur négoce.

Le boulevard Charner offrait quatre voies aux nouvelles automobiles et menait aux Grands Magasins

Charner. Appartenant à la Société coloniale des Grands Magasins, les Grands Magasins Charner proposaient une vaste gamme de produits, depuis les vêtements pour femmes et hommes jusqu'aux rayons d'alimentation. De belles Eurasiennes aux jupes fleuries y faisaient du lèche-vitrine en fin d'après-midi, une écharpe en soie nonchalamment jetée sur leurs épaules dorées. On les invitait à s'installer au salon de thé ou au « bar américain ». Nouveaux colons, soldats et marins y dépensaient sans compter leurs piastres de la colonie, nettement surévaluées par rapport aux francs français.

Le rond-point du centre-ville de Saigon procurait une vue imprenable sur l'Hôtel de Ville achevé en 1908 après de nombreux problèmes de construction. À gauche, le boulevard Bonard menait au Marché central. À cette place s'étendaient jadis Les Halles qui constituaient le premier marché de la ville. Le Marché central, construit par l'entreprise Brossard et Mopin en 1912 sur les bords de l'ancien marais Boresse, était le symbole même de Saigon avec sa célèbre Tour de l'Horloge. On y entrait par l'une des quatre portes : Nord, Sud, Est, Ouest.

Sur le large boulevard Norodom s'élevait majestueusement le palais du gouverneur général ou palais Norodom, en l'honneur du grand-père du roi cambodgien Sihanouk. Ce palais, construit dans un style néobaroque au milieu d'un immense parc, était le bâtiment le plus imposant de Saigon.

Vers l'est, au bout du boulevard Norodom, était aménagé le Jardin zoologique et botanique grâce aux bons soins du directeur et botaniste Jean-Baptiste Louis Pierre, auteur de la *Flore forestière de la Cochinchine*. À partir de 1929, le Musée Blanchard de la Brosse fut édifié afin de présenter les œuvres d'art cham et khmers finement choisis par des experts de l'École française d'Extrême-Orient.

Pour ma mère, Saigon était la ville-lumière. Elle aimait s'y promener jusqu'à s'y perdre. Tout était si beau, si propre et si moderne. Les arbres et les fleurs n'avaient qu'un seul but, celui d'ornementer les grandes artères : tamariniers aux feuilles de dentelles, flamboyants aux fleurs de feu, bougainvillées en grappes violettes, hibiscus pourpres, frangipaniers jaunes, lauriers roses. Ce décor était tellement différent de celui du delta du Mékong avec ses arbres d'un vert monochrome à usages multiples : palétuviers, cocotiers, aréquiers et palmiers d'eau.

Ma mère était complètement envoûtée par la ville. Elle comprenait pourquoi on appelait Saigon, la Perle de l'Extrême-Orient, une ville de luxe et de plaisir. Elle était pour la première fois de sa vie libre, loin de l'existence étriquée d'une jeune femme de la campagne soumise aux trois obéissances confucéennes : obéir à son père, à son mari et une fois veuve, à son fils. Elle avait l'intention d'user de cette liberté. Elle continuait son chemin sans s'arrêter et sans regarder en arrière. Chaque fibre de son corps vibrait pour accueillir cette nouvelle tranche de vie. Dans sa magnifique jeunesse, ma mère ne savait pas qu'elle allait payer très cher le prix de cette liberté.

15

Je me suis toujours demandé pourquoi ma mère n'avait pas le même nom de famille que ses frères et sœurs. Elle était la seule à porter le nom de famille de sa mère, Trân. Ses frères et sœurs portaient le patronyme de leur père, Vu.

« Il me fallait une nouvelle identité pour couper les liens avec mes anciens compagnons, expliqua ma mère. Le Viêt-Minh recrutait des volontaires du mouvement Jeunesse d'avant-garde pour la construction de la piste Hô-Chi-Minh au Centre du pays, à la frontière entre le Viêt-Nam et le Laos. Hùng est né à ce moment et je suis partie à Saigon pour refaire ma vie. »

En demandant une nouvelle carte d'identité comme résidante de Saigon, elle avait déclaré seulement le nom de sa mère et mentionné « Inconnu » à la place du père. Elle espérait ainsi brouiller les pistes. Heureusement pour elle, la Sûreté française avait bien d'autres problèmes plus graves à régler. Plus tard, pour obtenir les papiers officiels pour son fils, à la place du nom du père de Hùng, elle avait aussi indiqué « Inconnu ». Hùng ne connaîtrait jamais les noms de son père et de son grand-père puisqu'ils étaient « inconnus ».

« Il y a des circonstances dans la vie où il faut savoir pourquoi on cache la vérité mais il ne faut surtout pas oublier la vérité », dit ma mère.

À Saigon, ma mère habitait chez son frère aîné, frère Deux et sa femme, Chi Hai, belle-sœur Deux, dans le quartier populaire Bàn Cò. Elle pensait que Bàn Cò, qui signifie Damier, devrait plutôt s'appeler Labyrinthe. Elle se perdait parfois dans ce labyrinthe enchevêtré. Heureusement, la maison de son frère Deux était située non loin de l'agréable rue Richaud, évitant ainsi les tas d'ordures et les égouts à ciel ouvert qui dégageaient jour et nuit une odeur nauséabonde. Bàn Cò hébergeait les moins nantis de Saigon et de Cholon, l'immense quartier chinois. Ses habitants construisaient pêle-mêle des cabanes en récupérant des planches, des panneaux de contreplaqué et des feuilles de tôle pour s'y abriter. Ils faisaient mille petits métiers pour survivre.

Au cours des derniers mois, son frère Deux avait le souffle rauque, il demeurait au lit et toussait beaucoup. Chi Hai pensait que c'était une grippe persistante et le soignait avec des herbes médicinales bouillies pendant des heures dans un pot en terre cuite. Son frère Deux prenait cette mixture brunâtre et amère tous les soirs. Mais la médecine traditionnelle semblait n'avoir aucun effet sur sa grande fatigue. À plusieurs reprises, ma mère avait découvert son frère livide, un mouchoir taché de sang sur la bouche.

À l'hôpital Cho Rây où Chi Hai avait amené son mari en dernier recours, les médecins avaient diagnostiqué une grave tuberculose. Chi Hai avait dépensé toutes ses économies pour payer les frais d'hôpital de son mari. Malgré les soins, ses deux poumons étaient perforés. La mort de son frère Deux dans la trentaine fut un énorme choc pour ma mère.

Après les funérailles de son mari, Chi Hai avait transformé la façade de son logement en buvette. Dès six heures du matin, elle y servait du café dans de petits verres contenant une épaisse couche de lait concentré. L'endroit était un arrêt matinal bien apprécié de quelques conducteurs de cyclo-pousse car il cachait une fumerie d'opium clandestine à l'arrière.

En voilà un qui arriva, squelette ambulant à la peau parcheminée par le soleil. Il rangea son cyclo-pousse en bordure de la ruelle, rentra à l'intérieur et s'accroupit sur ses talons, les deux bras pendants sur ses genoux. Sans un mot, Chi Hai lui apporta une boulette d'opium. Elle la malaxa, la piqua sur une tige en bambou, la réchauffa sur la flamme d'une lampe à huile. L'homme fixa, hypnotisé, la boulette qui se boursoufla, grésilla et produisit une fumée bleuâtre. Elle l'inséra dans une pipe d'opium et la tendit au conducteur de cyclo-pousse. Il aspira avec bonheur cette fumée magique, les yeux clos, une expression de béatitude sur le visage.

Chi Hai savait que ce conducteur de cyclo-pousse reviendrait plus tard en fin d'après-midi après avoir empoché quelques piastres. Il en fumerait d'autres. Des Chinois de Cholon vendaient de l'opium moins cher qu'elle. Un soir devant une fumerie clandestine dans le quartier chinois, elle avait vu des coolies transporter un homme recroquevillé, la bouche tordue de douleur. Il avait été foudroyé après avoir fumé de l'opium de très mauvaise qualité. De ce pauvre bougre, il ne restait qu'un paquet d'os.

Dehors, ma mère surveillait les environs pour vérifier si le *công an*, policier en civil, rôdait autour. Elle connaissait bien ce policier du quartier qui, un jour, profitant de l'absence de Chi Hai, l'avait coincée pour lui toucher les seins. C'était un petit homme aux yeux fuyants. Elle l'avait si violemment repoussé qu'il s'était frappé la tête contre un poteau. Chi Hai conseilla à ma mère de l'éviter. Après cet incident, il passait rapidement pour collecter son « impôt » sur le maigre bénéfice que Chi Hai réalisait sur ses pipes d'opium.

Un matin, Chi Hai reçut une lettre de ma grand-mère indiquant qu'elle allait venir à Saigon pour y vivre, accompagnée de sa fille Cinq et du fils de ma mère, Hùng, qui avait quatre ans. Elle était atterrée car elle aurait trois bouches de plus à nourrir alors qu'elle parvenait à peine à joindre les deux bouts. Chi Hai avait vieilli d'un seul coup. Cette nuit-là, ma mère l'entendit pleurer dans son lit. Elle lui prit les deux mains et lui dit gentiment :

« Ne t'en fais pas ! Je vais chercher du travail. Ne sois pas inquiète. Nous allons nous en sortir. »

16

C'est avec plaisir que je visite Van Miêu, le Temple de la Littérature, à Hanoi. Construit en l'an 1070, il servit de centre intellectuel et spirituel selon les préceptes de Confucius. On le considère comme la première université du Viêt-Nam. Ses bâtiments s'articulent autour de cinq cours entourées d'arbres et de bassins. Dans une des cours se trouvent des stèles posées sur des tortues géantes, symboles de la longévité. Sur ces stèles sont gravés en caractères chinois les noms des lauréats des concours de doctorat du XVe au XVIIIe siècle. Hélas, comme la plupart des personnes de ma génération, je ne peux pas lire ces idéogrammes chinois.

Depuis la création du Viêt-Nam et pendant les dix siècles d'annexion par la Chine, les Vietnamiens utilisaient le *chu hán,* une écriture chinoise classique datant de la dynastie *Hán*. Sous cette dynastie, le confucianisme était la doctrine officielle de la Chine. L'instruction des caractères chinois allait de pair avec l'enseignement de Confucius, notamment les trois devoirs : devoirs envers son souverain, envers son maître et envers son père, et les cinq vertus : bienveillance, droiture, bienséance rituelle, sagesse et fidélité. Le plus grand rêve des lettrés était de réussir les concours littéraires qui leur permettaient d'accéder au mandarinat.

Au Xe siècle, après l'indépendance du Viêt-Nam, les lettrés vietnamiens avaient peu à peu adapté des idéogrammes chinois à la langue parlée du peuple. Chaque caractère représente phonétiquement un mot vietnamien.

Cette écriture appelée *chu nôm* veut dire littéralement « écriture du Sud », *nôm* ou *nam*, sud par rapport à la Chine au nord. La littérature vietnamienne en *chu nôm* a fleuri à partir du XVIIIe siècle. Plusieurs œuvres, dont le monument littéraire vietnamien *Kiêu* de plus de trois mille vers du poète Nguyên Du, a été rédigé en *chu nôm* au début du XIXe siècle.

Cependant, le chinois classique est demeuré la langue officielle utilisée par la Cour de Huê. Ces vers de Tu Xuong témoignent de l'immense effort des étudiants pour réussir les concours littéraires :

Tant d'heures d'études ! Tant de riz en vain,
mais il n'est pas encore cuit !
Le concours, on ne l'a pas assaisonné de piment,
et pourtant, quelle âpre brûlure[7] *!*

Entretemps, au XVIIe siècle, les missionnaires occidentaux venus au Viêt-Nam dans le but d'évangéliser la population locale avaient transcrit le vietnamien phonétiquement au moyen de l'alphabet latin. Les mots sont monosyllabiques et certains peuvent avoir six tons différents avec six significations différentes. Par exemple, le mot *ma* en est une bonne illustration : *ma* : fantôme ; *má* : maman ; *mà* : mais ou pourtant ; *mả* : tombeau ; *mã* : cheval ; *mạ* : jeune pousse de riz.

Cette écriture romanisée, plus simple à apprendre que les caractères chinois et sino-vietnamiens, facilitait la propagation de la religion catholique. Chose importante, elle pouvait être enseignée sans se référer à la philosophie chinoise. Le jésuite français Alexandre de Rhodes avait contribué à l'essor de cette écriture en la compilant dans

---

[7] *Mille ans de littérature vietnamienne, une Anthologie*. Édition établie par Nguyên Khac Viên et Huu Ngoc. Éditions Philippe Picquier, 1996. Poème *Hong Thi*, Recalé au concours, de Tu Xuong.

son Dictionnaire annamite-portugais-latin édité à Rome en 1651. Donc, trois langues et écritures ont coexisté au Viêt-Nam : le chinois classique, le vietnamien se servant des caractères chinois et le vietnamien utilisant l'alphabet latin.

Sous l'impulsion de l'Administration française, le vietnamien romanisé appelé *quôc ngu* est devenu l'écriture et la langue officielles au début du XXe siècle. À son grand chagrin, l'empereur Khai Dinh, le père de Bao Dai, a décrété la fin des concours littéraires en 1918, sacrifiant le peu d'autonomie qui lui restait. Il a néanmoins maintenu le tout dernier concours littéraire au début de 1919 à Huê. Il a lui-même choisi le thème de la dissertation : *Van Minh* qui veut dire « Civilisation ». Ou la perte d'une civilisation, riche héritage chinois de plus de quatre mille ans. Les lettrés s'accrochaient au chinois classique et au confucianisme comme une forme de résistance culturelle.

Avec l'usage du vietnamien moderne, le monopole du pouvoir politique, social et culturel s'est échappé des mains d'une classe de mandarins « sinisés ». Les colonisateurs français ont pu former une classe de fonctionnaires « francisés » plus favorables à leur cause. Par ailleurs, les nationalistes vietnamiens ont organisé des programmes d'alphabétisation de masse de la population afin de préparer la guerre de libération.

17

Je garde précieusement dans mon album une photo de ma mère assise derrière une table, portant un uniforme et une coiffe blanche avec une croix rouge. Je vois une jeune femme au beau sourire qui illumine son visage ovale. Ma mère chérissait cette photo, car elle avait fait à cette époque une rencontre qui avait changé sa vie. Combien de fois dans mon enfance ai-je entendu le récit de cette rencontre ? Combien de fois lui ai-je demandé de me raconter, encore et encore, cette belle histoire ?

En 1952, ma mère travaillait à l'Institut Pasteur situé dans le quartier français sur le Plateau de Saigon. Cet Institut fut fondé en 1891 par le docteur Albert Calmette pour assurer les services de vaccination contre la rage et la variole et pour entreprendre des recherches sur la dysenterie et les venins de serpent. Dans le delta du Mékong, les morsures de serpent constituaient l'une des causes principales de mortalité.

Ma mère travaillait comme aide-soignante et elle assistait l'infirmière-chef lors des campagnes de vaccination des enfants. Comme elle avait appris les soins infirmiers chez le Viêt-Minh, détail qu'elle n'avait précisé à personne, elle les mettait en pratique à l'Institut et son travail était fort apprécié.

Pour la première fois de sa vie, à vingt-deux ans, ma mère avait un « vrai » métier et gagnait sa vie. Sa bonne humeur et son optimisme naturel l'aidaient à envisager l'avenir avec confiance. Sa sœur Cinq avait épousé un tailleur rencontré à Saigon et ils avaient cotisé avec ma mère pour louer un compartiment sur la rue Richaud à Bàn Cò, non loin du logement de Chi Hai situé dans une ruelle. À l'époque coloniale, les Français avaient construit des compartiments comme entrepôts sur le Plateau. Grâce à l'essor économique de la ville, ces compartiments s'étaient multipliés dans les quartiers populaires.

La boutique *Tân Tiên*, Modernité, du beau-frère Cinq, occupait le rez-de-chaussée. Des rouleaux de tissu en tergal et en gabardine étaient exposés dans la vitrine. Le tailleur fabriquait des costumes sur mesure en quarante-huit heures. Ma grand-mère, ma mère et son fils Hùng vivaient à l'étage. Chaque mois, après avoir payé le loyer et la nourriture, ma mère achetait un peu d'or. D'ailleurs, elle avait déjà en sa possession quelques grammes d'or cousu dans l'ourlet de sa veste. Elle savait que cet or servirait en cas de coup dur.

En fin d'après-midi de ce jour mémorable, le ciel de plomb n'attendit qu'un éclair suivi d'un coup de tonnerre pour déverser son trop-plein d'eau sur la ville assoiffée. Cela embêta ma mère. Cette pluie allait retarder d'une heure son retour à la maison. Sa mère gardait Hùng qui était malade.

La pluie tomba dru et le rideau d'eau scintilla de lumière. Le parapluie de ma mère se ploya sous l'eau. Sa tunique à fleurs était déjà toute trempée. Elle évita une énorme flaque d'eau sur le trottoir. Elle entendit un petit klaxon et s'écarta de la rue. Elle se retourna et vit une voiture sport s'arrêter à son niveau au milieu de la rue. Elle ne put apercevoir le conducteur sous la pluie battante.

« Mademoiselle ! Venez, montez ! »

Elle demeura pétrifiée. C'était Monsieur Bernard Binh. Quelques jours plus tôt, Monsieur Binh avait amené son fils à l'Institut Pasteur pour un vaccin. Ma mère s'était occupée du petit garçon qui s'appelait Philippe. Monsieur

Binh était un fort bel homme bien bâti marchant à grands pas élastiques dans le couloir de l'Institut. L'infirmière-chef avait dit à ma mère qu'il avait fait d'importants dons à l'Institut.

« Mademoiselle, montez, je vous en prie... »

Monsieur Binh sortit sous l'averse et ouvrit la portière de sa voiture sport. La pluie mouilla sa chemise bleue et moula ses larges épaules. Des conducteurs de bicyclettes et de cyclo-pousse bloqués derrière sa voiture klaxonnèrent furieusement. Mais Monsieur Binh ne semblait pas les voir. Devant son insistance, mais surtout gênée par tous ces gens immobilisés sous la pluie, ma mère s'engouffra dans la voiture.

« Ça va ? », dit Monsieur Binh qui la regarda avec un beau sourire aux dents éclatantes. Il n'avait pas l'air de se préoccuper de la foule derrière. Cet homme s'en allait dans la vie comme un prince, tous les obstacles semblaient s'écarter naturellement de sa route. À tout le moins, il ne les voyait pas.

« Allons-y, dit-elle, pressée de faire taire le tintamarre.

– Eh bien, allons-y ! » répéta-t-il en souriant. Il démarra en trombe, faisant gicler de l'eau sur les pauvres gens à l'arrière.

« Où voulez-vous que je vous dépose ? » demanda Monsieur Binh, apparemment de bonne humeur.

Ma mère pensa à son fils malade. Elle ne pouvait quand même pas demander à Monsieur Binh de la conduire chez elle à l'angle de la rue Richaud et du marché en plein air de Bàn Cò, dans ce quartier populaire aux rues boueuses à souhait avec cette averse. Elle ne voulait pas lui dire qu'elle vivait dans un compartiment étroit avec sa mère et son fils. Rien qu'à cette idée, elle rougissait de honte.

« Je peux vous ramener chez vous. Il pleut très fort. Mais c'est comme vous voulez, dit-il sans insister.

– Pourriez-vous me déposer au coin de Richaud et Croix-Rouge ?

– Quelle belle coïncidence ! J'habite aussi sur la rue Richaud, mais un peu plus haut. Ne vous en faites pas, c'est sur mon chemin. »

Il changea de vitesse et sa voiture sport s'élança comme un cheval racé de course. Ma mère en fut impressionnée. C'était la première fois qu'elle se trouvait dans une voiture aussi luxueuse, le tableau de bord en bois verni était couvert d'instruments. Elle constata que l'homme assis à côté d'elle était élégant. Elle observa ses mains, de belles mains aux ongles bien soignés. Monsieur Binh conduisait sans rien dire, perdu dans ses pensées. Arrivé à l'angle de Richaud et Croix-Rouge, il s'arrêta, sortit de la voiture et lui ouvrit la portière :

« À bientôt, j'espère ! »

Il lui fit un signe de la main et sa voiture sport disparut dans la circulation. Ma mère héla un conducteur de cyclo-pousse et lui donna l'adresse de la boutique Modernité du beau-frère Cinq.

« *Di di, mau lên* ! Allons, vite ! », dit-elle, les joues en feu et le cœur chaviré, au conducteur qui redressa son dos et accéléra un tout petit peu la cadence.

18

« Allô, Mademoiselle ? C'est moi, Binh. Êtes-vous libre ce soir ? Je vous invite à dîner. »

Ma mère eut le souffle coupé. Une bouffée de chaleur lui monta au visage. Elle balbutia quelque chose, mais Monsieur Binh continua :

« Alors, c'est oui ? Parfait ! Je viendrai vous chercher vers vingt heures devant la porte de l'Institut. À tout à l'heure ! »

Ma mère regarda sa montre. Dix-huit heures ! Cela ne lui laissait pas grand temps. Elle sauta dans un taxi, qui fila à toute vitesse à Bàn Cò, et tant pis pour les frais. Une fois dans son compartiment, une autre pensée, plus pénible, la poursuivait. Qu'est-ce qu'elle allait porter ce soir ? Elle passa désespérément en revue sa maigre garde-robe. En saupoudrant son visage et en soulignant ses yeux d'un trait de khôl, elle réfléchit, les sourcils froncés. La tunique verte soyeuse serait-elle convenable ? Elle songea aussi à mettre des socques en bois à talons hauts. De toute façon, elle n'avait pas grand-chose d'autre.

Lorsque ma mère arriva, cintrée dans sa tunique verte, Monsieur Binh admira sa beauté. Elle avait tressé ses longs cheveux noirs en chignon, ce qui la faisait paraître plus âgée et lui donnait un peu plus d'assurance. Ses socques en bois accentuaient la minceur de sa silhouette, tout en la faisant paraître plus grande.

Il ne remarqua pas l'absence de bijoux, de collier ou de boucles d'oreilles. Décidément, pensa ma mère, cet homme était déconcertant. Les choses qui la préoccupaient ne semblaient pas le concerner. Il était élégant comme d'habitude. Veste croisée bleu marine, pantalon gris, montre suisse. La voiture décapotable se dirigea vers le port de Saigon. Ses vrombissements attirèrent le regard des passagers serrés comme des sardines dans un vieil autobus bringuebalant.

« Où voulez-vous aller ? Y-a-t-il un endroit particulier que vous préférez ? »

Ma mère hésita. À part des gargotes au marché de Bàn Cò où elle mangeait régulièrement des soupes aux nouilles, assise sur un tabouret lilliputien en bois, elle ne connaissait pas de vrais restaurants. Il y avait le grand restaurant Thanh-Thê au centre-ville où l'on servait une excellente cuisine, mais elle n'y avait jamais mis les pieds.

« Allons au Bông Lai ! », suggéra Monsieur Binh lorsqu'ils passèrent devant le restaurant flottant resplendissant de lumière sur la rivière de Saigon.

Ma mère sursauta. Le restaurant Bông Lai, Paradis terrestre, était le plus réputé de Saigon. Elle n'avait jamais imaginé qu'un jour elle dînerait dans ce si beau restaurant. Des milliers de lanternes illuminaient le Paradis terrestre comme un paquebot dans la nuit. Les tables aux nappes blanches bien repassées étaient décorées de bouquets d'orchidées. Le personnel était poli et souriant. Le gérant du restaurant, qui avait tout de suite reconnu Monsieur Binh, accourut, affable. Il les conduisit à une table dans un coin discret bordé de plantes vertes avec vue sur la rivière de Saigon. Un serveur apporta un menu aussi grand qu'une page de journal. La liste des plats raffinés était longue. Voyant sans doute l'embarras de ma mère, Monsieur Binh dit :

« Je vais commander pour nous deux. Je voudrais, comme entrée, des soupes au nid d'hirondelle, ensuite des crevettes au gingembre, des crabes farcis et un poisson. Quel genre de poisson avez-vous ce soir ?

– Nous avons des carpes argentées dont la chair est délicieuse.

– Parfait, des filets de carpe pochés aux légumes et du riz parfumé. Du thé au jasmin pour Mademoiselle et, pour moi, un whisky-soda. »

Monsieur Binh se tourna vers ma mère et lui sourit gentiment. Elle remarqua que, malgré son air sociable, il ne parlait pas beaucoup de lui. Il n'était pas comme les autres hommes qu'elle connaissait qui, après les salutations d'usage, lui demandaient tout de suite son âge, son métier et surtout le montant de son salaire. Monsieur Binh ne posait pas ce genre de questions. Il se contentait de la regarder manger avec appétit les crevettes sautées et les crabes farcis en sirotant son whisky-soda. Cette jeune femme magnifique au visage lumineux avait la fraîcheur et la simplicité d'une fleur de gardénia, pensa-t-il. Les fleurs les plus belles fleurissent à l'ombre, se dit-il en fin connaisseur.

Quand ma mère se hasarda à dire d'une voix timide qu'elle venait de Sadec, il ne profita même pas de l'occasion pour parler de sa propre famille. Il avait même l'air un peu ennuyé. Pourtant, l'infirmière-chef qui le connaissait bien, avait dit à ma mère que Nguyên Van Binh venait d'une grande famille du delta du Mékong et que son père était le *Quan-Phu* Lôc de la province de Vinh Long. Van veut dire Littérature et Binh, Paix.

« Nguyên Van Binh est donc le fils unique du préfet Lôc, celui que le Viêt-Minh avait qualifié de traître », pensa ma mère, amusée. L'infirmière-chef avait ajouté que sa femme était décédée, qu'il était professeur de littérature et qu'il voyageait souvent à l'étranger à titre d'ambassadeur itinérant pour la Culture et le Sport. Ma mère se demandait ce qu'était un ambassadeur « itinérant », mais elle présumait que puisqu'il voyageait à l'étranger, il devait occuper un poste important dans la haute administration.

Lorsque Monsieur Binh glissa, indifférent, une liasse de piastres dans une boîte en laque présentée par le serveur, une somme qui dépassait de loin son mois de salaire, ma mère comprit que cet homme, par sa famille et son éducation, évoluait dans un monde à part. Elle comprenait maintenant pourquoi les petites choses de la vie quotidienne l'intéressaient peu. C'était un parfait *công tu*, il vivait comme un vrai prince.

En déposant ma mère à l'angle de Richaud et Croix-Rouge, Monsieur Binh lui dit :

« Cela me ferait plaisir si vous pouviez tout simplement m'appeler Binh ! »

Son regard la brûla jusqu'à l'âme. Depuis la naissance de Hùng, elle se méfiait énormément des hommes. Il y en avait plusieurs qui lui tournaient autour, mais elle les voyait comme des profiteurs. Pas Monsieur Binh. C'était un vrai homme du monde. Le cœur de ma mère battit à tout rompre.

19

Le taxi Citroën bleu et crème s'arrêta devant le numéro 212 de la rue Richaud sur le Plateau de Saigon. La villa coloniale couleur ocre était entourée d'un jardin d'hibiscus et de bougainvillées rouges. Deux aréquiers hauts et droits se dressaient devant la grille comme des sentinelles. Un frangipanier semait au vent ses fleurs blanches au cœur d'or. Quelle belle villa !

Une petite fille jouait au cerceau dans le jardin. Lorsqu'elle vit ma mère arriver devant la grille métallique, elle s'arrêta de jouer et la regarda avec curiosité. C'était Alice, la fille de Binh. Ma mère lui dit bonjour mais la petite fille s'éloigna et continua de jouer avec son cerceau. Chi Ba, la cuisinière au chignon bien tiré, se précipita pour lui ouvrir largement la grille.

« *Chào cô* ! Bonjour Mademoiselle ! »

Chi Ba transporta la valise de ma mère et l'emmena dans la maison à petits pas pressés.

« Monsieur Binh est sorti ce matin. Il m'a demandé de vous accueillir et d'être à votre service. Venez, faisons le tour de la villa. »

Ma mère jeta un coup d'œil rapide au jardin et remarqua que de mauvaises herbes avaient envahi les plates-bandes de fleurs. Une terre non utilisée était une terre gaspillée, pensa-t-elle. Elle se disait qu'elle se débarrasserait de ces herbes folles et planterait des tomates et des légumes. À côté du cerisier en fleurs au fond du jardin, il y avait encore de la place pour un papayer et un bananier, des arbres qui donneraient des fruits rapidement.

Une jeune nourrice arriva avec un enfant dans ses bras. C'était le petit Philippe que ma mère avait vu à la clinique avec Binh. Elle prononça lentement son nom.

Une cour tapissée de gravier blanc menait à une véranda qui protégeait la villa de la chaleur. Y étaient éparpillées quelques chaises en rotin. Le salon beige était pourvu d'un ensemble de sofas en cuir et de meubles en acajou. Dans une vitrine étaient alignés trophées, coupes et médailles provenant des championnats de tennis, de football, de cyclisme et bien d'autres disciplines sportives. La grande table à manger était en laque noire. Dans un coin, une chaise longue berçante était placée près d'une bibliothèque où s'entassaient pêle-mêle des piles de livres en vietnamien et en français, des magazines *Paris-Match* et des journaux. L'ensemble reflétait le bon goût. Une petite cour donnait sur la cuisine et les chambres.

À ce moment, Binh apparut souriant sous le cadre de la porte du salon. Il portait un pantalon blanc, un T-shirt blanc, des chaussures de tennis et tenait une raquette à la main. Il revenait du Cercle Sportif Saigonnais. Le cœur de ma mère fit un bond dans sa poitrine. Il était toujours aussi séduisant. Elle aimait ses grands yeux bruns et son sourire charmeur.

« Alors, comment trouves-tu la villa ?

– C'est très joli ici ! répondit-elle en rougissant.

– Viens, je vais te montrer quelque chose. »

Il la prit par la main et l'amena jusqu'à la serre au fond de la cour. C'était son jardin secret. À l'intérieur étaient suspendus des pots d'orchidées. Ô miracle !

Des hampes d'orchidées de toutes tailles et de toutes couleurs rivalisaient à qui mieux mieux : blanches, roses, violettes, pourpres. Autant de couleurs comme autant de notes de musique. Elle en fut éblouie. C'était un lieu magique où se mariaient la lumière, la beauté et la douceur. « Miroir, miroir, dis-moi qui est la plus belle… ».

Tôt chaque matin, même si Binh était occupé, il se réservait toujours du temps pour ses orchidées. Il était heureux de les tailler, de les arroser et de les entourer de soins. À chaque voyage au Cambodge, au Laos, au Japon ou en Corée du Sud, il rapportait de nouvelles orchidées rares pour sa collection personnelle. C'était sa passion.

« Tu pourras t'en occuper si tu veux lorsque je serai en voyage », lui dit-il avec gentillesse.

Ma mère était soulagée. Elle était enfin arrivée à bon port. Elle regarda par la fenêtre de la serre le jardin inondé de soleil. Son rêve s'était réalisé. Elle allait habiter dans cette coquette villa dans un quartier résidentiel bien tranquille. Binh l'avait invitée à venir s'installer chez lui peu de temps après leur dîner au restaurant Paradis terrestre. Il lui avait proposé d'amener son fils Hùng vivre avec eux à la villa. Elle avait démissionné de son poste d'aide-soignante à l'Institut Pasteur pour se consacrer à sa nouvelle famille. « Un homme qui aime le sport, les livres et les orchidées est définitivement un homme bon ! » se dit-elle. Dans la cour, la petite fille jouait maintenant avec un petit chien blanc.

Ce fut ainsi que ma mère entra tout simplement dans la vie de Bernard Binh, mon futur père.

20

Le docteur Mathieu Mancini examina attentivement les radiographies des poumons de ma mère. Il constata des taches sombres au poumon droit. Il regarda Binh et sa nouvelle compagne. Ma mère observa avec curiosité les radiographies et scruta le regard du médecin. Né à Saigon d'une vieille famille corse installée en Indochine depuis plusieurs générations, Mathieu Mancini était un grand ami de Bernard Binh depuis le lycée français Chasseloup-Laubat. Ils étaient même partis ensemble sur un des paquebots des Messageries Maritimes pour étudier à Paris. Mon père avait choisi des études de lettres et son ami Mathieu, des études de médecine. Le docteur Mancini s'adressa à ma mère en vietnamien :

« Mademoiselle, je suis désolé de vous annoncer une mauvaise nouvelle. Ces taches sombres à votre poumon droit confirment que vous avez la tuberculose. La bonne nouvelle c'est que nous avons maintenant des antibiotiques qui vous aideront à guérir.

– Comment a-t-elle contracté cette maladie ? Pourras-tu vraiment la soigner ? demanda mon père en français.

– La tuberculose est très contagieuse, répondit le docteur Mancini en français. Elle a dû l'attraper d'une personne de son entourage. Les bacilles de Koch restent dans l'organisme et attendent pendant des mois, voire des années, avant de se manifester. Je vais lui faire un traitement intensif pour une période de douze mois. Il lui faudra beaucoup de repos. L'air de la montagne lui ferait du bien. »

Le docteur Mancini soupira. Il connaissait trop bien cette « saloperie » de maladie. Il avait opté pour une spécialisation en tuberculose à Paris, car de nombreuses personnes en mouraient en Indochine. Pendant que le médecin parlait avec mon père, ma mère restait là, les bras croisés, le visage lisse et pâle, sans aucune expression. Elle avait l'impression qu'ils parlaient non pas d'elle, mais de quelqu'un d'autre. Elle ne comprenait pas le français mais présumait qu'ils discutaient de la gravité de son cas. Son frère aîné était mort de tuberculose, mais elle ne l'avait jamais dit à mon père, par crainte d'être rejetée. Elle ne connaissait que trop bien cette maudite maladie.

Pour elle, la tuberculose était une maladie des gens surmenés et sous-alimentés : conducteurs de cyclo-pousse peinant sous la pluie, coolies poussant d'énormes fardeaux, débardeurs ployant sous des caisses trop lourdes pour leurs carcasses mal nourries. Et ma mère ne voulait pas être comparée à eux. Pour elle, c'était une maladie des bidonvilles, une maladie des miséreux. En allant vivre à la villa, elle pensait s'en sortir, mais non, le mauvais sort l'avait rattrapé.

« Il faut aussi prendre les mesures d'hygiène nécessaires pour éviter la contagion. J'aimerais examiner les enfants. Je vais leur administrer un vaccin préventif contre la tuberculose, plus connu comme vaccin BCG. »

Le docteur Mancini se leva et accompagna le couple à la porte. Il prit la main de ma mère et lui dit avec une extrême délicatesse :

« Ne craignez rien, Mademoiselle ! Je m'occuperai de vous. Il faut bien manger et bien vous reposer. Tenez, voici vos médicaments. Prenez-en deux par jour, un le matin et un le soir avant chaque repas. Je vous reverrai dans un mois. »

Encore trop abasourdie, ma mère ne put que balbutier quelques remerciements au docteur Mancini :

« *Cam on Bac si* ! Merci beaucoup Docteur ! »

Mon père la ramena à la maison en voiture. Elle demeura silencieuse pendant tout le trajet. Elle avait honte de cette maladie. Elle se sentait blessée dans sa chair. Elle se révoltait contre cette injustice, car elle ne voulait pas mourir avec des poumons crevassés comme son frère. Il lui semblait qu'à vingt-trois ans, elle avait à peine vécu. Elle allait combattre la tuberculose. Elle devait survivre coûte que coûte pour s'occuper des siens : son fils Hùng, sa mère à elle, ses deux jeunes frères Sept et Huit qui avaient encore bien besoin de son aide, ainsi que les deux enfants de mon père, Alice et Philippe.

Mon père était également accablé. Ces millions de microbes invisibles, ces bacilles de Koch qui grouillaient dans les poumons de ma mère le déconcertaient. Sportif accompli et au meilleur de sa forme, il avait horreur de la maladie. Il la serrait dans ses bras pour la protéger du mal invisible. Il aimait cette femme fragilisée. Il allait tout faire pour l'aider.

« Appuie-toi sur moi ! Ça va aller, ne sois pas inquiète, je suis avec toi. Tu vas te reposer et tu vas guérir ! » lui dit-il pour la réconforter.

21

La voiture grimpa à une altitude de mille cinq cents mètres pour atteindre Dalat, lieu de villégiature situé à deux cents kilomètres au nord de Saigon. Ma mère avait la tête appuyée sur l'épaule de mon père qui conduisait en silence. Elle avait un peu froid.

En 1953, Dalat gardait entière la légende du lac des Soupirs. C'est l'histoire d'un couple d'amoureux séparés, jadis, par la guerre contre les Chinois. Un jeune homme part se battre au front. Sa fiancée, ayant reçu des nouvelles de son décès, désespérée, se jette dans les eaux profondes du lac. Lorsqu'il revient et apprend la mort de sa fiancée, il se jette à son tour dans le lac, la rejoignant aux Sources d'or, l'empire des dieux. Depuis, les pins soupirent au vent, d'où le nom lac des Soupirs. En raison de cette légende, Dalat est une ville pour amoureux.

La fraîcheur du climat était propice aux grandes promenades dans la vallée de l'Amour. Mon père qui marchait à grandes enjambées ajustait ses pas à ceux plus hésitants de ma mère. Il l'aida à monter sur une petite colline. Une forêt de pinèdes succédait au jardin de mimosas. Le sentier était tapissé d'aiguilles de pin. Il lui expliqua les différentes essences d'arbres qu'on ne trouvait que dans cette région. Dalat ressemblait à une charmante petite ville du sud de la France avec ses villas coloniales tapies à l'ombre des jardins en fleurs.

« Si tu es fatiguée, on s'arrête ! lui suggéra-t-il.

– Continuons. Comme c'est merveilleux ! »

Ma mère était fatiguée mais jamais elle n'avait été plus heureuse. Après douze mois de traitement, le docteur Mancini l'avait déclarée guérie. Les lésions tuberculeuses s'étaient cicatrisées. Mais son cas était plus grave que ne l'avait laissé croire le pneumologue. Elle avait perdu l'usage de la moitié de son poumon droit. Elle était essoufflée lorsqu'elle faisait un peu d'effort.

Au marché central de Dalat, ils visitèrent les étals débordant de beaux fruits. Pêches, abricots et prunes ajoutaient un air coquet à cette ville de montagne, loin de la chaleur écrasante de Saigon. Pour elle, Dalat était le plus beau jardin du monde. Au marché de fruits, ils mangèrent des fraises gorgées d'eau et pleines de saveur. Au marché de fleurs, ils contemplèrent les fleurs à destination de Saigon : mimosas, dahlias, glaïeuls... Ils admirèrent les orchidées aux magnifiques couleurs. En souvenir de Dalat, à ma naissance, ils m'ont donné comme prénom : Lan. Lan veut dire Orchidée.

Mon père avait des gestes tendres, comme relever le col de sa veste et resserrer son foulard pour la réchauffer. Il partageait avec elle la beauté de la nature : une fleur qui venait d'éclore, une libellule qui se cachait dans ses pétales, une araignée qui tissait méticuleusement sa toile. Ma mère était très amoureuse de mon père. Elle aimait la douceur de ses mains et le confort de ses bras. Il avait cette façon absolue de la serrer contre lui, ses épaules formant un rempart la protégeant contre l'extérieur, contre l'inconnu, contre la souffrance. Elle pouvait enfin lui dire en toute simplicité :

« J'ai mal ici, à ce détour du cœur. J'ai mal là, à ce froissement de l'âme. »

Cet homme qui ne parlait pas beaucoup, lui souffla :

« Je sens en toi une telle vulnérabilité. Je veux tout simplement te protéger. »

Ils étaient assis, silencieux, sur un rocher et écoutaient le murmure des conifères au vent. Ils n'avaient plus besoin de parler. Il ferma les yeux. Elle aimait le regarder dormir, car il était livré à lui-même, sans jeu, sans excuse, comme un enfant qui se serrerait contre elle parce qu'il aurait tout simplement un peu froid.

Après une angoissante bataille contre la maladie, la vie lui paraissait ô combien précieuse. Elle sentait sa tendresse pour lui devenir immense. Rester comme cela, dans la fraîcheur du soir. Écouter sa respiration régulière. Harmoniser son propre souffle au sien. Graver dans son esprit cet instant de bonheur. Lui fredonner quelques vers du poème *Lune voilée à Dalat* de Hàn Mac Tu :

Que chacun se recueille,
que les mots se fassent rares
Pour entendre au fond du lac le murmure de l'eau
Pour entendre dans le vent le frisson des saules
Et pour voir le ciel révéler le sens de l'amour[8].

[8] *Le Hameau des Roseaux*, Hàn Mac Tu. Traduit du vietnamien par Hélène Péras et Vu Thi Bich, Éditions Arfuyen, Orbey, 2001.

22

Lors de ma première visite à l'extérieur de Hanoi, j'ai choisi Diên Biên Phu. Ces trois mots claquent au visage comme un étendard au vent. Diên Biên Phu. Ceux qui sont nés en mai 1954, comme moi, se souviendront toute leur vie que c'est le mois et l'année de la défaite de la France à Diên Biên Phu. Un siècle de colonisation française en Indochine venait de se terminer. Je suis née à Saigon dans un pays qui s'appelait État du Viêt-Nam sous le règne de « Sa Majesté Bao Dai, Chef de l'État ». Par conséquent, je n'étais ni indochinoise, ni cochinchinoise encore moins annamite, mais vietnamienne, une nationalité nouvellement rendue.

La route menant à Diên Biên Phu commence à zigzaguer et nous franchissons maintenant des routes de montagne en épingle. J'ai hâte de connaître cet endroit au nom écrit en lettres de sang. La route entre Son La et Diên Biên Phu est particulièrement accidentée et tortueuse. Le véhicule tout terrain arrache chaque kilomètre à force de coups de frein et de crissements de pneus. Heureusement, nous sommes avec Trung, un chauffeur habitué aux trajets de haute montagne qui manie les changements de vitesse avec virtuosité. Le véhicule s'accroche aux tournants, grimpe encore et toujours.

Le paysage est à couper le souffle. Des chutes d'eau se déversent sur des roches noires où se penchent des poinsettias rouges. Les rizières s'étagent en terrasses sur les flancs des montagnes. En contrebas s'étend une large vallée où serpente une rivière verte. Nous sommes dans la région de la minorité ethnique Thaï. Vivant dans des paillotes sur pilotis, ses habitants pratiquent l'agriculture sur brûlis. Les femmes portent une coiffure impressionnante, des vêtements noirs brodés et des colliers en argent.

Le mal des montagnes se fait sentir tranquillement et je sens mon estomac se nouer. Mais Trung continue d'enchaîner les virages serrés, il faut arriver à Diên Biên Phu avant la nuit. En apprenant mon voyage dans cette ville chargée d'histoire, Hélène, une amie française qui habite à Hanoi, m'a demandé de déposer une gerbe de fleurs à la mémoire de son père. Celui-ci était tombé sur le champ de bataille de Diên Biên Phu, laissant sa mère en France avec trois jeunes enfants. Hélène n'avait que cinq ans à l'époque.

Après deux jours de voyage, nous arrivons à mon grand soulagement à Diên Biên Phu, distante d'une centaine de kilomètres de la frontière chinoise et d'une vingtaine de kilomètres de celle du Laos. Je ne peux m'empêcher de scruter avec curiosité cette petite ville du bout du monde, théâtre de la plus terrible bataille d'Indochine. Malgré le paysage grandiose, je me sens un peu étouffée par les montagnes qui barrent l'horizon de tous les côtés. Mais oui, Diên Biên Phu se trouve bien dans une cuvette ! Les vols d'avion ne sont pas réguliers à cause du brouillard qui peut submerger la ville pendant des jours.

Nous nous arrêtons d'abord dans un marché et je regarde avec émotion ma collègue Phi choisir avec soin deux bouquets de fleurs. Son père est également mort à Diên Biên Phu, mais du côté des combattants Viêt-Minh. Née trois mois après la victoire, Phi ne l'a jamais connu.

Nous allons ensuite au camp retranché. La piste d'aviation est envahie de hautes herbes. Nous passons devant le bunker du colonel Christian de Castries, promu général pendant la bataille. Quinze mille soldats français étaient encerclés dans leurs tranchées par les combattants Viêt-Minh, cinq fois plus nombreux, dirigés par le général Vo Nguyên Giap.

Phi m'explique que les volontaires responsables du ravitaillement, à pied, à bicyclette ou en barque, même s'ils n'avaient plus rien à manger, ne pouvaient pas toucher aux vivres des combattants. Il fallait par tous les moyens les acheminer à destination. Diên Biên Phu tomba le 7 mai 1954 après 56 jours de combats, faisant des milliers de victimes dans les deux camps.

Dans le cimetière principal de Diên Biên Phu, Phi dépose un bouquet de fleurs devant le Mémorial en l'honneur des combattants du Viêt-Nam. Trung et moi observons une minute de silence derrière elle. Nous nous rendons ensuite au Monument aux morts français de Diên Biên Phu, où je dépose à mon tour un bouquet de la part d'Hélène. Notre véhicule s'éloigne et je me retourne pour capter une dernière image de ce lieu historique. Au pied d'une stèle blanche, les fleurs forment une tache multicolore dans un silence d'éternité que plus rien désormais ne trouble.

23

Il n'y avait pas que ma mère qui était subjuguée par mon père. Moi aussi je l'étais du haut de mes neuf ans. Qui pouvait résister à cet homme si beau, si élégant et si charmeur ?

À son arrivée en fin d'après-midi, l'ambiance de la maison se transformait. Deux brefs coups de klaxon, ouverture de la grille métallique, sons de pneus sur le gravier, bruits de pas sur la véranda. Et Papa entrait dans le salon, jetait son cartable sur une chaise et me regardait, désinvolte et souriant :

« Alors, petite, as-tu bien travaillé à l'école aujourd'hui ? »

Il se moquait gentiment de moi car mes débuts au centre scolaire Colette n'étaient guère satisfaisants. Il avait signé de sa belle signature sans broncher mes mauvais bulletins de notes. Aucun sermon, aucun reproche. À mon grand soulagement, il ne disait rien à ma mère. En sa compagnie, je me sentais enveloppée d'une chaleureuse bienveillance. Son cœur ensoleillé faisait fuir les petits nuages sur mon front. J'avais l'impression que Papa était indulgent parce que c'était un bon sportif.

« En sport, me dit-il, on gagne et on perd. Mais ce qui est important, c'est l'effort ! » Et j'avais redoublé d'effort à l'école et fait des progrès.

J'adorais les dimanches matins « sportifs » de Papa. Il portait un short blanc, un T-shirt blanc et des chaussures de tennis. Mais au lieu de prendre sa bicyclette, il sortait son vélosolex muni d'un petit moteur. Il m'emmenait avec lui jusqu'à la librairie Khai Tri sur Lê-Loi, ex-boulevard Bonard. Il y achetait des magazines fraîchement arrivés de France. Ensuite, nous nous promenions sur Nguyên-Huê, ex-avenue Charner. Il dénichait à mon grand plaisir des bobines de films de Charlot en noir et blanc. Et enfin, nous nous arrêtions devant le Café Givral en face de l'hôtel Continental. Papa commandait deux « pâtés chauds ». Nous dévorions sur place ces pâtes feuilletées croustillantes. Quel délice !

Certains dimanches d'été, Papa nous conduisait à Vung Tau que nous continuions d'appeler cap Saint-Jacques ou simplement *Câp*. Les membres de notre grande famille recomposée s'entassaient dans la « familiale » de mon père. Après deux heures de route, nous arrivions sur une plage de sable blanc bordée de cocotiers. Alice, Philippe et Hùng sautaient de joie dans les vagues. Je me laissais flotter sur une bouée les bras en croix. La baignade terminée, nous mangions avec appétit le repas préparé par ma mère contenu dans des gamelles en fer blanc : du poulet rôti avec des radis saupoudrés de sel marin sur une tranche de pain au beurre. Il faisait beau et chaud et je me disais que le bonheur était ainsi.

Il y avait aussi des dimanches où le préfet Lôc, mon grand-père paternel, venait nous visiter. Ma mère décorait la villa avec de grandes gerbes de glaïeuls comme les jours de fête. Mon grand-père arrivait en voiture de Vinh Long avec des caisses de fruits du delta du Mékong : corossols à l'écorce cloutée, mangoustans violets à la chair tendre, papayes à la peau lisse, fruits de jaquiers immenses, longanes en grappes, ramboutans barbus, ananas aux yeux multiples, mangues aux joues roses. Il n'y avait qu'à tendre la main pour saisir le bonheur.

À la file indienne, les enfants intimidés allaient saluer le vieil homme bien digne en complet veston beige. Mon grand-père me posait des questions sur mes études et comme ma réponse lui plaisait, il me gratifiait d'un sourire satisfait et de quelques piastres toutes neuves. Une fortune !

Un soir, quelques années après le décès de mon grand-père, je vis mon père assis à son bureau les mains se couvrant la tête, il était en plein désespoir. Le régime du président Nguyên Van Thiêu avait « réquisitionné » ses terres de Vinh Long sans aucune compensation. Il n'y avait aucun recours possible, la dictature militaire pouvait tout faire. Les terres de son arrière-grand-père, de son grand-père, de son père et maintenant les siennes, les terres sur lesquelles « les hérons blancs volaient de leurs ailes étendues », devaient servir de terrain d'expérimentation à une nouvelle stratégie américaine dans le delta du Mékong : la guerre chimique. On allait y déverser des défoliants pour détruire toute végétation et empêcher l'ennemi de s'y cacher.

« Le riz vient de nos rizières et le poisson de nos rivières. Les fruits sont fournis par nos vergers et les légumes par nos jardins. C'est un miracle quotidien. Un proverbe de chez nous dit que si on soigne bien la terre, elle nous le rendra au centuple, mais si on la trahit, alors elle nous abandonnera. Désormais, nos terres ancestrales ne produiront plus jamais de riz, de poissons, de fruits et de légumes », expliqua-t-il les larmes aux yeux.

24

C'est Papa qui m'a initiée à la poésie vietnamienne. Il donnait des cours de littérature à la faculté des Lettres de l'Université de Saigon et sa spécialité était la poésie comparée. Il connaissait aussi bien les poèmes de Lamartine, Verlaine, Baudelaire et Rimbaud que ceux de Xuân Diêu, Huy Cân, Luu Trong Lu et Pham Duy.

Papa couvrait la période de la « Poésie nouvelle ». Dans les années 1930, une jeune génération de poètes firent table rase de toutes les conventions classiques héritées de la culture chinoise pour introduire la Poésie nouvelle. On sentait le frémissement du vent de la liberté. Xuân Diêu et Huy Cân étaient considérés comme les chefs de file de cette tendance. C'étaient nos poètes préférés.

Xuân Diêu était originaire de la province de Hà Tinh dans le Nord. Son recueil *Poésie Poésie* et sa collection de poèmes *Parfums au vent* le plaçaient dans la catégorie des poètes romantiques. En même temps, il s'engageait dans la lutte contre le colonialisme français, pour l'indépendance nationale et le socialisme. Véritable troubadour de la poésie, il se produisait devant les masses paysannes, ouvrières et étudiantes.

Les poèmes de Xuân Diêu étaient modernes. Ils n'avaient plus rien à voir avec les rimes aux règles strictes des anciens lettrés. On sentait chez lui l'exaltation de l'âme. Surnommé « poète de l'amour », il traitait le thème de l'amour mêlé d'une certaine inquiétude métaphysique propre à la jeunesse de l'époque comme dans ce poème intitulé *Lune*.

Silencieusement nous parcourons la poésie,
De cet univers de rêve sans limite.
Lune claire, lune lointaine, lune éblouissante !
Nous sommes deux, chacun se sent seul pourtant[9].

Au cours du même dîner avec l'écrivain Huu Ngoc à Hanoi avant les festivités de l'an 2000, le grand poète Huy Cân est assis en face de moi. Il parle de la Poésie nouvelle avec passion. Il a écrit de la poésie très tôt. Son premier recueil de poèmes *Le feu sacré*, a été publié en 1940 alors qu'il n'avait que vingt-et-un ans. Son deuxième recueil *Le chant de l'univers*, publié en 1942, a fait de lui un poète de grand talent. J'aime en particulier son poème *Sur la poésie*.

J'habite cette terre, je vis cette vie.
La terre crée le vent pour le vol de l'oiseau.
L'oiseau crée le vent pour agrandir les cieux.
Et l'homme, connaissant la voie des ailes,
ouvre largement ses bras[10].

Je l'imagine parler de la Révolution à une certaine époque avec la même passion. Pour Huy Cân, le poète est un homme de combat. Il se doit d'être engagé pour changer le cours de l'histoire. Signataire de la Déclaration de l'Indépendance du Viêt-Nam en 1945, il a participé aux

---

9 *Aperçu de la poésie vietnamienne de la décade pré-révolutionnaire*, Duong Dinh Khuê - Nicole Louis-Hénard, Bulletin de l'École française d'Extrême-Orient, Vol. 65, 1978. Poème *Trang, Lune,* de Xuân Diêu.

10 *Messages stellaires et terrestres*, Cù Huy Cân, Les Écrits des Forges, 1996.

activités révolutionnaires à côté de Hô Chi Minh. Membre du Comité national de libération, il a fait partie de la délégation qui a repris le pouvoir des mains de Bao Dai à Huê en 1945. Il a occupé par la suite diverses fonctions ministérielles dans le premier gouvernement de Hô Chi Minh.

« La révolution littéraire qui a précédé la Révolution d'Août 1945 était plus qu'une question de rythmes et de rimes, précise Huy Cân. Mon ami Xuân Diêu a dit que les poètes anciens utilisaient le mot grandiloquent de *ta* ou « nous », général et neutre, pour parler de leurs états d'âme. Ceux de la Poésie nouvelle emploient le mot *tôi* ou « je », plus personnel. C'est l'individu qui revendique le droit d'être, le droit à l'existence.

– Il est vrai que le pronom personnel vietnamien *tôi* correspondant au « je » français n'existe que depuis les années 1920, ajoute Huu Ngoc. Cette notion de l'individu a permis à la littérature et à la poésie de se développer grâce à l'expression des sentiments intimes et des pensées personnelles. Ce fut en effet une révolution littéraire. »

Par la profondeur et l'envergure de son œuvre, Huy Cân, surnommé « poète de l'univers », est l'un des poètes les plus représentatifs du début du XXe siècle. Ses poèmes interrogent la place de l'homme dans l'univers, comme dans ce poème *Il y a des fleuves*.

Il y a des peuples pareils à des fleuves
qui coulent sans repos,
Lit profond et berges d'alluvions.
Hommes-fleuves, où sont vos deltas ?
Qu'avez-vous gagné sur la mer
pour y mettre nos pas[11] *?*

---

[11] *Messages stellaires et terrestres*, Cù Huy Cân, Les Écrits des Forges, 1996.

25

À Hanoi, au bord du lac de l'Épée restituée, j'entre dans une villa coloniale décorée de nombreux arbustes et bonzaïs en pots. C'est au siège du Front de la Patrie du Viêt-Nam qu'a lieu la réunion sur l'éducation ce soir. Le Front de la Patrie est une organisation nationale qui regroupe tous les mouvements de masse du pays : travailleurs, agriculteurs, aînés, femmes et jeunes. Représentatif du peuple, le Front de la Patrie réalise de nombreux programmes sociaux, notamment dans les domaines de l'éducation et de la santé.

Des tables sont installées en forme de U avec au milieu une estrade pour un conférencier invité. Plusieurs membres du Front de la Patrie, dignes dans leurs uniformes vert kaki, s'y sont déjà installés. Je trouve que l'atmosphère est mystérieuse dans cette salle à peine éclairée, avec ces hommes et ces femmes bardés de décorations. On croirait qu'ils sont en train de préparer un nouveau plan de bataille. Je ne connais pas ces membres du Front de la Patrie mais, j'en suis sûre, ils doivent tous avoir un long passé de résistants. Je suis assise à une table réservée aux diplomates étrangers. L'un d'entre eux me chuchote à l'oreille :

« Le conférencier invité est-il le général Vo Nguyên Giap ?

– C'est ce que j'ai compris, dis-je.

– Sans blague ? Le général Giap de Diên Biên Phu ? dit-il avec un hochement de tête admiratif.

– Je crois que c'est lui. D'ailleurs, le voici. »

Sous les applaudissements continus des participants, le général Giap s'approche du micro. Nous sommes sidérés. Toutes les lumières s'allument d'un seul coup. L'entrée en scène est parfaite. J'ai l'impression de voir apparaître devant moi non pas un homme, mais une légende vivante rayonnant de lumière. Cet homme au front dégarni et aux cheveux de neige porte fièrement un uniforme de général quatre étoiles. À près de quatre-vingt-dix ans, l'homme n'a rien perdu de sa superbe. Ses yeux pétillent sous des sourcils en bataille.

Vo Nguyên Giap est né le 25 août 1911 dans la province de Quang Binh, dans le Centre. Il a étudié dans un lycée français à Huê et fait des études de droit et d'économie politique à Hanoi, avant de devenir professeur d'histoire à Hanoi. Cet homme au nom prédestiné, son patronyme Vo signifie Force, et son prénom Giap, Armure, était commandant en chef de Hô Chi Minh. Il a combattu les Japonais et les Français pendant la Seconde Guerre mondiale en Indochine. Farouchement anticolonialiste, son nom est désormais synonyme de la victoire de Diên Biên Phu en 1954.

Le général Giap est surtout connu pour avoir été un grand stratège. C'est lui qui a orchestré la stratégie pour lutter contre la plus puissante armée du monde, celle des États-Unis d'Amérique. Expert de la guerre du peuple, il a préparé un minutieux travail idéologique. Jeunes, hommes et femmes, tous ont contribué à leur manière à cette guerre du peuple : s'engager aux combats, transporter des vivres et des armes, éduquer des jeunes, s'occuper des hôpitaux et des routes et construire la piste Hô-Chi-Minh.

Et cet homme dont le seul nom faisait trembler les empires est là devant nous, défendant avec passion un domaine qu'il connaît bien : l'éducation.

De sa voix vive mêlée d'un subtil accent du Centre, il insiste sur l'importance d'une éducation de qualité.

« Le Viêt-Nam a besoin d'une réforme profonde de son système d'éducation afin que notre pays puisse trouver sa place dans le monde, souligne-t-il. Nos standards d'éducation se trouvent loin derrière d'autres pays de la région. Nous avons besoin de professeurs qualifiés, de nouveaux manuels scolaires et d'un système postsecondaire renouvelé pour la formation des maîtres. Une formation technique et scientifique moderne est nécessaire pour fournir une main-d'œuvre adaptée à notre pays en voie de modernisation. »

Ce discours magistral est livré sur un ton professoral ponctué de gestes vifs. J'imagine ce commandant en chef, autrefois, dans la jungle, encourager ses hommes par des mots simples, directs et percutants.

La guerre terminée, le général Giap se repose tranquillement dans une villa située non loin du Mausolée Hô-Chi-Minh. Devenu en quelque sorte la conscience du pays, il se qualifie lui-même de « général de la paix » et poursuit sans relâche une guerre contre l'illettrisme et l'ignorance. Mais il sait bien que cette guerre, comparée à celles victorieuses contre les Japonais, les Français et les Américains, ne connaîtra pas de fin.

26

Après Diên Biên Phu, les Accords de Genève en 1954 partageaient le pays en deux le long du 17e parallèle : le Nord, la République démocratique du Viêt-Nam avec Hanoi comme capitale et Hô Chi Minh comme président, et le Sud, la République du Viêt-Nam avec Saigon comme capitale, et Bao Dai comme chef de l'État. Des élections générales étaient prévues en 1956.

Le premier ministre de Bao Dai, Ngô Dinh Diêm, originaire de Huê comme lui, catholique fervent et anticommuniste ardent, remua ciel et terre pour accueillir près d'un million de réfugiés du Nord, des catholiques en majorité. Il fit ériger de nouveaux quartiers dans les faubourgs de Saigon pour les installer. Ces réfugiés qui avaient tout perdu, apportaient avec eux une volonté farouche et une richesse inestimable, la recette de la fameuse soupe aux nouilles *pho* aux fines lamelles de bœuf, au bouillon au gingembre et à l'anis. De jeunes filles provenant de ces familles déplacées sont devenues plus tard mes camarades de classe au lycée Marie-Curie.

Si des élections libres avaient eu lieu à cette période, elles auraient été plutôt favorables à Hô Chi Minh en raison du nombre de la population : le Nord comptait environ douze millions de personnes et le Sud, dix millions.

Afin de diriger la lutte contre le communisme à sa manière, Diêm allait se débarrasser de Sa Majesté Bao Dai, Chef de l'État. Appuyé par les États-Unis, le premier ministre Diêm organisa en 1955 un référendum dans le

Sud avec deux simples questions : « Je dépose Bao Dai et reconnais Ngô Dinh Diêm comme chef de l'État du Viêt-Nam avec la mission d'instaurer un régime démocratique » ou bien « Je ne dépose pas Bao Dai et ne reconnais pas Ngô Dinh Diêm comme chef de l'État avec la mission d'instaurer un régime démocratique. » Il obtint un résultat truqué de 96,2 % en sa faveur.

À Cannes où il faisait une cure de santé, Bao Dai apprit qu'il était « déposé » une deuxième fois. Ngô Dinh Diêm devint le premier président de la République du Sud Viêt-Nam. Non, Diêm, ce quasi-moine qui dormait dans une chambre austère au palais de l'Indépendance, ancien palais du gouverneur général de l'Indochine, n'était pas intéressé par le pouvoir, il voulait sauver le Viêt-Nam.

Aussitôt après avoir réglé le cas de l'ex-empereur, Diêm s'attaqua aux bandits Binh Xuyên et aux sectes religieuses Cao Dai et Hoa Hao. Diêm décida d'éliminer une fois pour toutes les milices armées afin de contrôler le pays. Le général Duong Van Minh, dit Grand Minh en raison de sa grande taille, lança l'armée nationale contre les brigands et les sectes.

Les opposants au président Diêm créèrent le Front National de Libération du Sud Viêt-Nam en 1960, auquel adhéra Madame Nguyên Thi Binh. Ses combattants basés dans le Sud, étaient des Viêt-Công, abrégés de *Viêt-Nam Công San* ou communistes vietnamiens. Les Américains, qui, dès 1955, avaient pris le relais des Français, les désignaient VC dans leurs communications : V comme Victor, C comme Charlie.

Le Front avait pour objectif le renversement du régime Diêm et la construction d'un Sud Viêt-Nam indépendant, démocratique et neutre. Mais le Front n'avait pas besoin d'agir, les propres généraux de Diêm s'en chargèrent.

Je me souviens bien du coup d'État contre le président Diêm le 1er novembre 1963. Se doutant de la capacité de Diêm de vaincre le communisme et surtout opposés au projet secret de son frère Nhu de négocier avec Hanoi, les Américains étaient favorables à un coup d'État contre Diêm par ses généraux.

Femme du peuple, ma mère ne croyait pas à la propagande des journaux, mais écoutait les rumeurs de la rue. Son conducteur de cyclo-pousse qui était au courant de tout, l'informa de l'imminence d'un coup d'État contre Diêm. Elle lui demanda de la conduire en vitesse au marché central de Saigon, où elle acheta un gros sac de riz qu'elle conserva précieusement dans une immense jarre en terre cuite. Elle commanda du charbon qu'elle entassa sous le préau de la cuisine. Elle fit des réserves de sel, de sucre, d'huile de cuisson et de bougies en cas de pannes d'électricité déjà très fréquentes. Elle remplit à ras bord le bassin d'eau du jardin.

Ce jour-là, des soldats insurgés prirent le contrôle du siège de la radio et de la télévision, situé au bout de notre rue. Des tirs de mitraillettes retentirent jusqu'à chez nous. La radio diffusa de la musique militaire. Mon père était en voyage. Ma mère, seule à la maison, s'occupait de nous tous. J'avais neuf ans. Heureusement, la cuisinière, Chi Ba, l'aidait à faire les repas que nous mangions, assis sur le carrelage du salon.

Tard dans la nuit, nous écoutions à la radio la voix du président Diêm. Il n'y avait rien de plus pathétique que d'entendre cette voix avec l'accent noble du Centre, dans la solitude de la nuit, haranguer ses troupes, leur donner des ordres, puis finalement implorer leur aide pour sauver la nation en péril. Mais point de réponse de son homme de confiance, le très populaire général Grand Minh. Silence aussi de l'ambassadeur américain Henry Cabot-Lodge Jr. qui se trouvait à l'extérieur du pays.

Malgré l'encerclement du palais Gia-Long par les soldats lourdement armés du colonel Nguyên Van Thiêu, le président Diêm et son frère Nhu étaient parvenus à sortir du palais par une porte latérale donnant sur la rue Công Ly. Un proche les avait conduits à l'église Saint-François Xavier à Cholon. Ils s'étaient rendus aux premières heures du matin avec la promesse d'un sauf-conduit et d'un exil à l'étranger. Les généraux avaient envoyé un véhicule blindé pour les récupérer, mais les frères Diêm et Nhu furent abattus à l'intérieur même de ce véhicule blindé dans des circonstances mystérieuses.

Les généraux, une fois au pouvoir, provoquèrent, entre eux, d'autres coups d'État, ne se souciant que de s'arroger le pouvoir. Et la guerre civile entre le Sud et le Nord s'accentua avec l'appui militaire massif des États-Unis.

27

J'adorais le *Têt* à Saigon, un long congé comme une plage vide, une page blanche, des jours heureux à ne rien faire. Les festins de la nouvelle année lunaire se succèdent dans ma mémoire : riz gluant farci de viande, porc au caramel au jus de noix de coco, poulet au gingembre cuit à la vapeur, légumes vinaigrés, gâteaux à la pâte de haricots mungo, cacahuètes grillées, fruits confits, graines de citrouilles et de pastèques. Mais mon cœur se resserre chaque fois que je pense au *Têt Mâu Thân*, l'Année du Singe.

En ce premier jour du *Têt*, le 29 janvier 1968, ma mère venait de déposer des offrandes sur l'autel des ancêtres lorsqu'elle entendit des tirs sporadiques. Elle éteignit la lumière et se précipita à la fenêtre. Il n'y avait pas de circulation dans la rue en ce jour de fête nationale. Des roquettes et des mortiers tonnèrent par vagues successives. Le carrelage vibra sous nos pieds. Des balles perdues ricochèrent en sifflant sur notre toit. Les émissions de télévision et de radio furent interrompues.

D'habitude, les deux camps opposés observaient une période de « trêve » de trois jours pour permettre aux soldats de célébrer la nouvelle année en famille. Nous n'étions pas particulièrement rassurées en l'absence de mon père. Il y avait une sorte d'escalade de la violence.

Saigon était relativement préservée de la guerre, mais pas cette fois. L'aéroport Tân-Son-Nhât ainsi que les faubourgs de Saigon et de Cholon furent bombardés avec de l'artillerie lourde.

Des commandos communistes pénétrèrent dans l'enceinte de l'ambassade des États-Unis, immense bâtiment au mur alvéolé situé sur la rue Thông-Nhât. Des *Marines* contre-attaquèrent et reprirent le contrôle de cet espace américain. Ce fut un terrible choc psychologique à Washington. Personne n'avait une seule fois imaginé cette hypothèse. La puissance américaine était secouée dans ses fondations mêmes.

Les batailles de rue cessèrent dans Saigon au début de février mais elles se poursuivirent dans les faubourgs. Le quartier de ma mère, Bàn Cò, était un vrai champ de bataille. Des luttes se firent ruelle par ruelle, maison par maison, et comme c'était un véritable labyrinthe, elles durèrent pendant des semaines. Pour déloger les Viêt-Công, l'armée nationale incendia le quartier. Bàn Cò brûla pendant des jours. Ses habitants fuyaient comme des fourmis transportant sur leur dos marmites, nattes, vêtements, matelas, meubles et couvertures.

Ma mère regardait, impuissante, le feu qui dévorait son compartiment. Elle avait pu finalement l'acheter en revendant ses grammes d'or. Des économies d'une vie, il ne restait plus que des ruines fumantes. Un bulldozer avança parmi les décombres et écrasa tout sur son passage, insensible aux cris et aux pleurs des gens du quartier. Elle avait mal partout comme si l'on broyait ses propres os. De son présent, il ne restait rien qu'un tas de gravats. Elle n'avait pas d'assurance maison, ni d'aide sociale. Ce qui était perdu, était perdu à jamais.

Au Sud Viêt-Nam, peu de gens savaient que tous les éléments avaient été mis en place dès 1968 pour la chute du régime de Saigon.

Après l'offensive du *Têt*, le président Richard Nixon avait chargé son conseiller à la sécurité nationale, Henry Kissinger, de contacter Hanoi pour jeter les bases d'un éventuel accord de paix. L'homme que l'on surnommait le « diplomate de minuit » ou le « roi du camouflage », avait négocié pendant cinq ans dans le plus grand secret avec son homologue du Nord Viêt-Nam, Lê Duc Tho. Pendant tout ce temps, Nixon avait maintenu son allié du Sud, le président Thiêu, dans l'ignorance totale.

Kissinger visita pour la première fois Hanoi au début de 1973, invité à la Maison des hôtes du gouvernement. La même année, une fois l'accord de paix conclu, Thiêu fut forcé par Nixon d'accepter le fait accompli.

28

Adolescente, j'étais en train de lire, couchée sur un hamac tendu au fond du jardin à Saigon, lorsque j'entendis un gazouillis. Je levai les yeux. À côté de l'arbre se tenait un petit garçon en salopette bleue qui me fixait avec un sourire fendu jusqu'aux oreilles. Il avait des cheveux châtains, une peau claire et des yeux infiniment bleus.

« Comment t'appelles-tu ? »

L'enfant m'écouta avec attention, secoua la tête et recula d'un pas en souriant de plus belle. Ma mère arriva à ce moment-là.

« Mais qu'il est mignon ! D'où vient-il ? Comment s'appelle-t-il ? lui demandai-je.

– Il s'appelle Thanh, dit-elle.

– Thanh veut dire bleu ciel, dis-je. Bleu ciel comme la couleur de ses yeux ?

– Oui, il est Amérasien comme tu peux le constater. Il reste avec nous aujourd'hui et tu vas le garder car je vais au marché. Il a sept ans mais ne parle pas beaucoup pour son âge. »

Hùng était arrivé à Bàn Cò avec une jeune et jolie femme, Ly, et son fils Thanh. Le petit garçon avait conquis ma mère avec son beau sourire et son bon caractère. Elle l'avait tout de suite adopté. Elle avait aidé Hùng à louer un logement non loin de chez elle.

Contre toute attente, après avoir rasé une bonne partie du quartier Bàn Cò, le gouvernement avait reconstruit des habitations à loyer modique et ma mère avait obtenu un petit appartement au deuxième étage en dédommagement de son compartiment brûlé. Elle en était très heureuse. Elle avait ramené à Bàn Cò sa mère restée chez sa sœur Cinq et son mari qui avaient loué une nouvelle boutique de tailleur en banlieue de Saigon. Ma grand-mère était bien contente de retrouver son quartier.

Ma mère gardait le petit Thanh les soirs où Ly travaillait comme hôtesse dans un bar sur la rue Tu Do, ex-rue Catinat à Saigon. « Chacun devait s'y mettre pour faire bouillir la marmite », se disait ma mère. Elle adorait le petit Thanh et puisqu'il était de père américain, elle lui donna un surnom : Paul. Notre famille déjà disparate comptait un membre de plus. Paul Thanh venait nous voir les fins de semaine et ses rires réchauffaient la villa. Nous étions une famille « normale » comme tant d'autres.

J'allais bientôt affronter le baccalauréat. Je n'osais pas penser à ma vie après la fin du lycée. Je rêvais d'avenir et de voyages mais mon avenir était incertain et les voyages impossibles. M'inscrire à la faculté des Lettres de l'Université de Saigon ? Suivre les traces de mon père et devenir professeur de littérature ? Comment payer mes études ? Où chercher un travail ? Quoi faire ? C'était une époque étrange où on s'efforçait de bien vivre mais la vie nous donnait la nausée.

Les combats se rapprochaient de la ville. Les canons tonnaient dans les banlieues. Nos nuits étaient illuminées par des fusées éclairantes et nos sommeils rythmés par le battement des pales des hélicoptères. Nous les jeunes n'avions pour horizon que la guerre et encore la guerre. La réalité n'était pas ce que l'on essayait de nous faire croire. Les certitudes de ceux qui nous gouvernaient au Sud étaient vacillantes et leurs mensonges multiples. Qui croire ? Que croire ?

Je me rappelle encore de notre dernier voyage au cap Saint-Jacques. Assis devant avec ma mère, Paul Thanh restait le nez collé à la fenêtre. Papa qui l'aimait bien lui apprenait des comptines. Ma mère et moi rigolions un peu, car Papa ne remarquait pas que Paul Thanh était Amérasien. Il ne voyait pas ce genre de choses et il n'avait jamais posé aucune question. Pour lui, Paul Thanh était un petit garçon comme un autre. Celui-ci l'écoutait d'une oreille distraite car il était plus curieux de regarder les voitures qui nous dépassaient.

Papa roulait à soixante kilomètres à l'heure dans sa « familiale » bringuebalante comme un vieil autobus. Depuis que ses terres lui avaient été ravies par le gouvernement, il ne recevait plus aucun revenu de Vinh Long. Il avait vendu depuis belle lurette sa voiture sport. Toujours professeur avec un maigre salaire, il faisait l'apprentissage de la modestie avec un certain laisser-aller élégant, un chic un peu fatigué. Il ne roulait plus sur l'or mais il était riche de son amour pour la vie.

À l'approche du cap Saint-Jacques, nous nous arrêtions toujours à Bà Ria pour acheter des grappes de longanes. Il restait quelques petits bonheurs que nous pouvions encore nous offrir. Quand je mordais dans la pulpe de ces longanes, c'était comme si je goûtais à toute la douceur de vivre du Sud. Sucrée, tendre, suave. J'ignorais alors que cette douceur allait devenir bien amère.

Puis la mer se profilait à l'horizon comme un mirage après deux heures de route. Paul Thanh découvrit la mer pour la première fois de sa vie et il en fut pétrifié. Sa main serra très fort la mienne et ses yeux émerveillés fixèrent la mer à ne plus s'en détacher. Jamais la mer bleue n'avait été plus bleue.

Je rêvassais lorsqu'une main maladroite remplie de sable déposa sur mon cœur un coquillage nacré. Paul Thanh me demanda en me tirant par le bras de jouer avec lui. Lorsque le cerf-volant s'élança en tournoyant dans le ciel, il courut, courut, la tête dans les nuages, en riant à gorge déployée sur la plage de sable doré. Que c'était beau de voir un enfant heureux !

En voyant mon père faire la sieste sur une chaise longue à l'ombre d'un cocotier, j'eus un coup au cœur. Intuitivement, je pris conscience l'espace d'une seconde que nous ne partagerions peut-être plus jamais de tels moments en famille.

29

En arrivant du lycée une fin d'après-midi, je vis mon père se diriger à grands pas vers sa voiture garée sur la chaussée devant la villa. Ma mère descendit à ce moment d'un cyclo-pousse, bloqua la portière et voulut lui parler. Mais il n'avait pas du tout envie de discuter avec elle dans la rue. Déjà, quelques badauds arrêtèrent leurs bicyclettes et regardèrent la scène, prêts à faire des commentaires et à prendre position. Une foule de gens se forma en peu de temps, comptant sur un spectacle amusant aux dépens des gens aisés de ce quartier résidentiel. Ma mère n'avait que faire de leurs plaisanteries, de leurs insinuations et de leurs persiflages. Elle tenta de retenir mon père.

« Binh, je t'en prie, reviens ! », supplia ma mère, mais elle manqua de souffle.

Livide, elle respira par la bouche, les yeux écarquillés comme un poisson hors de l'eau. Ma mère, ma pauvre mère était en train de s'étouffer. Et je vis du coin de l'œil mon père adoré lui tourner le dos et sauter dans sa voiture. Le claquement de la portière de sa voiture me déchira le cœur. Et il partit à toute vitesse, pneus crissant sur le macadam brûlant, la laissant sur le trottoir, le souffle rauque, un paquet de riz déchiré serré sur son ventre. Du riz blanc était éparpillé par terre.

« Lan ! Regarde, ton père est parti ! », cria-t-elle, me prenant comme témoin.

Je demeurai impassible et détournai mon fier regard d'adolescente. J'appliquai les conseils des trois singes sages : ne rien voir, ne rien entendre, ne rien dire. Je voulus l'appeler moi aussi : « Papa ! », mais ce mot si tendre resta bloqué dans ma gorge. Je me dirigeai vers ma mère et déposai mon lourd cartable par terre. Je pris le paquet de riz et ramenai ma mère dans la maison.

« Viens, *Má*. Viens, Maman. Rentrons ! Appuie-toi sur moi. »

Elle pleura à gros sanglots. Elle devait pourtant le savoir. Mon père avait déménagé ses livres, ses dictionnaires et ses affaires personnelles dans un studio au centre-ville depuis des semaines. Elle avait prié jours et nuits tous les dieux pour son retour. Elle avait fait des offrandes en fruits, en riz gluant, en encens et en argent liquide dans une pagode.

Ce qui devait arriver arriva. Mon père avait décidé de se séparer de ma mère, sans donner de raison. Je ne comprenais pas très bien les histoires entre les grandes personnes, leurs amours et leurs désamours. Au début, entre eux, il fut question de mariage, mais elle était malade. Puis, je suis arrivée au monde. Ils ne parlaient plus de mariage alors qu'elle l'espérait encore secrètement dans son cœur sans jamais le lui demander. Elle avait sa fierté. Elle ne rêvait pas de mariage en tunique traditionnelle rouge et turban doré, mais elle aurait tellement aimé appeler cet homme « mon mari ».

Or, après une vie commune, non seulement n'était-elle pas mariée à lui, mais pour ajouter l'insulte à la blessure, elle avait été jetée de sa vie comme un linge sale. Ils n'étaient pas issus du même monde. Avec des grammes d'or cousues dans sa veste, elle avait toujours eu peur de manquer d'argent alors que lui, même délesté de ses terres ancestrales, avait gardé son assurance de prince.

On reconnaît l'oiseau à son chant et l'homme à sa parole, dit le dicton. Mon père avait manqué à sa parole de l'homme bien né. Le rêve de ma mère était inatteignable.

Elle en était profondément humiliée et meurtrie. Elle l'aimait et croyait en lui. Il avait trahi sa confiance.

Un homme s'était enfui. Un père était parti. Sur le coup, mon père me privait aussi de sa propre présence. Je ne le jugeais point, je ne lui en voulais pas, mais il me manquait déjà comme depuis toujours. Je ne le savais pas encore, mais c'était la dernière fois que j'appelais mon père : « Papa ! » Je sentais une vague de tristesse monter en moi. C'est à partir de ce jour qu'un chagrin m'a enveloppée pour ne plus jamais me quitter. Je n'ai plus jamais revu mon père.

Ma mère demeura alitée pendant plusieurs jours sans boire ni manger. Puis un matin, elle sécha ses larmes et vaqua à ses différentes occupations. Même si les jours, les mois et les années à venir s'annonçaient vides et ternes, elle n'en faisait jamais étalage. Quand la douleur devenait trop forte, elle s'enfermait dans son antre inviolable.

Je lui enviais cet amour magnifique. J'admirais chez elle cette capacité d'endurer sa souffrance, stoïquement, courageusement, avec le calme muet d'un animal blessé.

30

Ma mère rentra dans la maison avec son sac de provisions rempli de paquets enveloppés dans du papier journal. Elle ferma soigneusement la porte d'entrée et les fenêtres. Elle sortit un à un trois gros paquets de piastres bien ficelés et les déposa sur la table de la cuisine.

« Voici trois millions de piastres, dit ma mère.

– *Má* ! Maman ! Où as-tu trouvé tout cet argent ? demandai-je, estomaquée.

– Rassure-toi ! J'ai contacté ton père il y a quelques semaines. Il a tenu sa promesse de t'offrir deux millions de piastres. Il a vendu sa collection de livres anciens.

– Tu es allée voir Papa ?

– Oui, dit-elle avec un sourire triste. C'est tout de même ton père ! Moi, je te donne un million de piastres. J'ai vendu mes grammes d'or. Attends, je vais me faire un thé car je veux recompter tout cet argent. »

J'étais abasourdie. Je savais qu'elle était trop fière pour demander quoi que ce soit à mon père, mais elle avait ravalé son orgueil pour lui demander de l'argent pour mes études. C'était mon amie Nga qui m'avait soufflé l'idée du double baccalauréat. Nga portait un très long nom : Công Tang Tôn Nu Nguyên Thi Thu Nga. Thu Nga veut dire Lune d'automne. Elle était de la lignée de l'empereur Minh Mang de la dynastie Nguyên.

« Lan, le gouvernement a décrété une mobilisation générale, dit Nga. Il est interdit aux garçons de plus de dix-huit ans et aux filles de plus de dix-neuf ans de quitter le pays pour des études outremer. Si nous passons le bac II vietnamien un an avant le bac II français, nous gagnerons un an de scolarité. Pour des études à l'étranger, il faut obtenir un bac II avec une mention honorable. »

L'idée d'aller étudier à l'étranger ne m'avait jamais effleuré l'esprit. Personne n'en parlait à la maison. Mon père n'était plus là, ma mère se démenait comme quatre pour gagner sa vie. Elle partait tôt le matin et ne rentrait que tard le soir. Sans trop y croire, j'avais mentionné l'idée de Nga à ma mère. À ma grande surprise, elle fut très réceptive et me dit sans aucune hésitation :

« Nga a une excellente idée ! Essaie d'obtenir un diplôme avant que cela ne soit trop tard. La guerre est à nos portes. Après, on verra. Bien sûr, tu sais que tu le pourras ! »

Pendant deux ans, je ne faisais qu'étudier. Dans la journée, j'allais au lycée français et le soir, je fréquentais le lycée vietnamien. C'était une course contre la montre. Enfin, après avoir obtenu le bac II vietnamien avec une mention honorable, j'attendais. Nga et moi attendions dans la moiteur de l'été à Saigon. Chaque matin, une présentatrice lisait à la radio une liste de noms d'étudiants admis par le ministère de l'Éducation pour des études outremer. Un beau jour, on annonça le nom de Công Tang Tôn Nu Nguyên Thi Thu Nga. C'était mon amie Nga. J'accourus chez elle pour la féliciter.

Il ne restait plus que quelques jours avant la date limite. J'étais anéantie. Je n'y croyais plus. Puis le dernier jour, j'entendis mon nom à la radio. Je ne rêvais pas, j'étais finalement admise sur la liste de départ. Mon amie Vân avait gentiment sacrifié son été pour m'emmener sur sa moto Suzuki aux quatre coins de Saigon pour finaliser mon dossier.

Ma mère m'avait toujours conseillé de bien étudier pour un jour travailler dans un bureau. « Quand on n'a pas eu d'éducation comme moi, on fait de petits métiers ! », disait-elle. Pourtant, c'était cette femme peu instruite et non pas mon père, professeur d'université, qui avait pris toutes les décisions importantes concernant mon avenir académique.

N'ayant pas été élevée dans la tradition bourgeoise, ma mère n'avait pas cherché pour moi un bon parti. Il n'y avait pas eu chez nous de cérémonies de thé avec des faiseuses de mariage, ni de plateaux de noix d'aréquier et de feuilles de bétel pour annoncer les fiançailles. Femme libre, ma mère m'avait appris à ne compter que sur moi-même. « L'or vaut son prix mais la connaissance est hors de prix », affirmait-elle.

Un jour de l'automne de 1972, j'embarquai avec Nga dans un avion d'Air France pour un très long voyage. Contrairement à ce qu'aurait pu croire ma mère sur l'éducation libératrice, pour ne pas être une charge supplémentaire pour elle, je faisais moi aussi divers « petits métiers » dans le quartier asiatique du treizième arrondissement de Paris pour payer mes études et subvenir à mes besoins.

Peu de temps après, au début de 1973, le président Nixon annonça l'accord de paix avec Hanoi et fit la promesse solennelle de ramener ses *boys*, ses soldats, à la maison avant Noël.

31

Saigon n'a pas brûlé. Les Nord-Vietnamiens espéraient conquérir la ville en deux ans, ils l'ont fait en trois mois. Tout s'est terminé très vite, la réalité a dépassé le rêve. Les derniers hélicoptères américains avaient à peine regagné le ciel blême du 30 avril 1975 que les premiers blindés nord-vietnamiens entrèrent dans Saigon, comme un mouvement de ballet parfaitement réglé sous la baguette d'un chef d'orchestre. Le bain de sang n'a pas eu lieu. Saigon la pécheresse fut sauve. La ville au passé sulfureux n'a perdu que son nom pour devenir Hô-Chi-Minh Ville, en l'honneur de « Celui qui éclaire ».

Les Saigonnais, les crampes au ventre, étaient soulagés. Mais leur cœur demeurait inquiet. Derrière les fenêtres, ils observaient le défilé de la victoire des *bô dôi*, jeunes soldats du Nord à peine sortis de l'adolescence. Enhardis, certains allaient même fêter dans la rue la libération en laissant éclater leur joie. D'autres marchaient à pas prudents dans la crainte de leurs actions passées. Mais au fond de leur âme subsistait un espoir. Ils espéraient s'en sortir, encore cette fois-ci comme tant de fois déjà dans le passé.

Après s'être barricadée trois jours dans son appartement seule avec sa mère, ma mère sortit pour aller au marché. Elle osait à peine respirer, comme la ville qui retenait son souffle. Elle ne connaissait rien à la politique. Comme tous les gens de la classe laborieuse, elle était contente de la fin de cette guerre fratricide. Elle était lasse de la violence, de la corruption et des extorsions policières. Elle avait juste envie de gagner sa vie dans la paix et la sécurité. Mais devant l'inconnu, elle se demandait avec inquiétude ce qui adviendrait demain.

« J'étais dépassée par les événements de 1975, raconta-t-elle. J'étais happée, comme tant d'autres, dans cette révolution qui nous submergeait comme un immense raz-de-marée. J'avais l'impression de lutter de toutes mes forces contre le courant démonté du Mékong. Je parvenais à peine à tenir ma tête hors de l'eau, épuisée, sans personne pour me tendre la main. Tant de choses s'étaient produites. L'ordre nouveau naissait dans la joie pour les uns et dans la douleur pour les autres. Mais personne ne pouvait aller contre la volonté du Ciel. Les familles étaient disloquées et nous étions une génération désorientée qui vivait dans l'angoisse au jour le jour. Nos rêves étaient nos propres souffrances. »

Le nouveau pouvoir avait décidé de dompter cette ville réputée indomptable. Il s'y attela aussitôt avec ferveur. Qu'importe les moyens ! Hô-Chi-Minh Ville fut subdivisée en districts, quartiers, zones et îlots. Chaque îlot comptait quelques dizaines de familles avec à sa tête un chef. L'ancienne Saigon fut vite quadrillée par un immense réseau de délateurs. Certains se portaient volontaires pour devenir « gardiens » du voisinage. Ils espionnaient les faits et gestes des gens et les rapportaient à la police. Les Saigonnais ne se doutaient pas une seconde qu'ils étaient comme un banc de poissons nageant dans une eau trouble. Les filets se resserraient. Ce n'est qu'une fois hors de l'eau que le poisson en saisit l'importance, dit le proverbe.

Le conducteur de cyclo-pousse qui avait conduit ma mère chaque jour au marché avait montré son vrai visage. Jadis membre « dormant » du Viêt-Công dans le quartier Bàn Cò, il était devenu *can bô*, cadre politique de son îlot de quartier. Grâce à son ancien métier de conducteur de cyclo-pousse, il connaissait tous les habitants du quartier, leurs allées et venues et leurs tendances politiques. Ma mère se confiait à son conducteur de cyclo-pousse comme elle parlait à son coiffeur. Heureusement, se dit ma mère, elle l'avait toujours bien traité. Elle n'avait pas lésiné sur les pourboires.

Une chape de plomb recouvrait Saigon, l'ancienne Perle de l'Extrême-Orient. Le chef de l'îlot avait remis à ma mère un *hô khâu*, livret familial que chaque foyer devait compléter sous peine de lourdes sanctions. Elle avait déclaré qu'elle était chef de foyer de l'appartement à prix modique de la rue Phan-Dinh-Phung dans le quartier Bàn Cò, où elle vivait avec sa mère. Le livret familial était très important car il déterminait entre autres les cartons de ravitaillement, les soins médicaux et les inscriptions scolaires pour les enfants.

En rentrant chez elle, ma mère sanglota à en perdre le souffle. En cette période d'incertitude, la charge était trop lourde pour ses frêles épaules. Elle pensa à mon père, cet homme avec lequel elle avait vécu dix-huit ans. Depuis mon départ du Viêt-Nam, ma mère s'était retirée dans son appartement à Bàn Cò. Elle ne voulait pas demeurer à la villa qui lui faisait trop penser à lui. Elle ne voulait plus de ce confort vide d'amour. Tant d'années de vie ensemble, tant de bonheur tranquille et soudain, plus rien. Selon une expression populaire, du bonheur au malheur, il n'y a qu'un petit pas.

Combien de somptueux festins d'anniversaire du préfet Lôc, mon grand-père, avait-elle cuisinés debout devant les fourneaux dès l'aube ? Combien de jours et de nuits avait-elle veillé auprès d'Alice et de Philippe lorsqu'ils étaient malades ? Combien de fois avait-elle préparé la valise de mon père pour ses nombreux voyages ? Combien de bains parfumés aux fleurs de frangipanier avait-elle chauffés pour lui ? Combien d'après-midis l'avait-elle regardé avec tendresse faire sa sieste sur sa longue chaise berçante ? N'y avait-il pas là assez de preuves de son amour pour lui ?

Cet homme l'avait quittée sans un regard en arrière. Elle sentit monter en elle un flot d'amertume. Ne dit-on pas que paroles à peine dites s'envolent ? Elle pensa au poème satirique de la poétesse Hô Xuân Huong, *Partager un mari.*

On fait n'importe quoi pour gagner son riz,
mais le riz est déjà altéré,
On sert de domestique,
sauf qu'on n'est jamais payé.
Un tel sort, si je l'avais su ainsi,
Je serais restée célibataire sans souci[12].

Ma mère n'avait pas eu à partager un « mari » avec une autre épouse, elle n'était même pas mariée, mais elle se voyait aussi délaissée qu'une concubine. Elle ressassait ses pensées noires. « On ne peut pas regretter ce que l'on n'a pas », se disait-elle avec amertume. Elle comprit, et ce fut clair comme de l'eau de roche, qu'aux yeux de la loi, elle n'avait aucun lien avec mon père qui appartenait à la classe bourgeoise. Les rôles étaient inversés.

Ma mère se trouvait dans une meilleure position dans cette nouvelle ère politique. À Sadec, elle était issue de la couche paysanne la plus modeste du peuple, la base de la base. Maintenant résidante d'un quartier bruyant, poussiéreux et surpeuplé de Hô-Chi-Minh Ville, elle faisait partie de la classe urbaine des gens de peu, des gens de rien, des pauvres gens. Elle se ressaisit et pensa à mon père qui était retourné vivre à la villa : « Mais il doit être dans le pétrin ! »

---

[12] *Des poètes de ma terre lointaine*, Dông Phong, Publibook, 2008.

Son cœur fut pénétré de chagrin et d'angoisse. Elle se demanda s'il n'avait pas fait exprès pour rompre leur relation, pour l'éloigner de lui. Pour ne pas nuire à ma mère.

32

Je pense que la vie nous réserve bien des surprises. La fiche biographique pour les Vietnamiens expatriés que je suis en train de rédiger est sans doute une version allégée de celle distribuée à mon père il y a vingt-cinq ans.

Ma mère m'a raconté qu'à la fin de mai 1975, mon père était allé s'inscrire au comité de quartier du district 3 de Saigon. On lui avait donné à remplir une fiche biographique de plusieurs pages sur son état civil, celui de ses parents et de ses grands-parents. Il s'était sans doute posé plein de questions, comme moi maintenant, sur ce qu'il fallait écrire. Mon père l'avait remplie dans des conditions difficiles, alors que moi je la complète tranquillement bien protégée dans une enclave diplomatique.

Concernant la profession de son père, il avait inscrit *Quan-Phu*, préfet de Vinh Long, et *Diên Chu*, propriétaire terrien. Il avait pris soin de souligner que les terres familiales avaient été confisquées par l'ancien régime militaire de Thiêu. Il devait se demander lequel des deux titres, préfet ou propriétaire terrien, serait plus condamnable dans le vocabulaire révolutionnaire ? Sans doute les deux, devait-il penser avec un gros soupir.

De toute manière, le fait d'habiter dans le district 3 de Saigon aux villas opulentes l'identifiait comme appartenant à une bourgeoisie « réactionnaire ». Depuis la réunification du pays, il se retrouvait dépossédé et suspect. Il ne pouvait plus enseigner. On parlait un nouveau langage qu'il ne parvenait pas à décrypter. En raison de son passé, il ne serait jamais en adéquation avec le moment présent.

Au début de juin 1975, le Comité administratif militaire ordonna aux anciens sous-officiers et soldats de se présenter pour une période de rééducation de trois jours. Cette séance de rééducation avait eu lieu et les anciens sous-officiers et soldats, dont Hùng, le fils de ma mère, étaient rentrés chez eux au bout de trois jours. Tout le monde était soulagé. Vers la mi-juin, on demanda aux anciens officiers, anciens politiciens et anciens hauts fonctionnaires de se présenter, munis de dix jours de vivres ou d'une somme d'argent équivalente, au centre de regroupement de leur quartier. Il s'agissait pour tous d'apprendre la philosophie marxiste-léniniste et de réformer leurs pensées.

Lorsque ma mère franchit la porte de la villa, elle vit mon père assis prostré sur le canapé, les mains pendantes sur ses genoux, dans la pénombre du salon. Il était en pyjama avec une barbe de trois jours. La table à manger était encombrée d'assiettes et de tasses de café sales. Les palmiers séchaient dans des pots. La cuisinière Chi Ba était rentrée chez elle à la pointe de Cà Mau, l'extrême sud du Sud. Ma mère remarqua que la peinture du salon était écaillée et que des taches d'humidité se formaient au plafond, mais mon père ne semblait pas les voir. La télévision restait allumée mais il ne la regardait pas.

« Binh, où sont tes enfants ? demanda ma mère.

– Je ne sais pas où ils sont, dit-il tristement. Je n'ai vu ni Alice, ni Philippe depuis plusieurs mois.

– Tes enfants sont des adultes maintenant, ils ont leur propre vie, dit-elle pour le rassurer. Je vais essayer de les contacter. Il faut s'occuper de toi maintenant ! »

Cet homme était fait ainsi, c'était dans sa nature. Ma mère était persuadée qu'il n'avait pas d'aptitude à faire face à ce monde si rude. Elle aurait beau lui greffer des crocs aux dents et des griffes aux doigts, il ne deviendrait jamais un tigre. Il n'était pas comme elle, endurcie et coriace, paysanne du delta du Mékong, batailleuse, prête à se battre bec et ongles pour défendre les siens. Elle se rendait compte qu'elle l'aimait encore comme au premier jour. Son amour pour lui était demeuré intact. D'ailleurs, cet amour était pour elle la chose la plus précieuse au monde.

Sentant qu'il se trouvait dans une passe difficile, elle avait tout de suite accouru. Elle n'était pas rancunière, au contraire, elle vola à son secours malgré ses problèmes personnels sans rien demander en retour.

« Je vais t'aider à faire ton baluchon. À part l'argent pour les repas pour dix jours, il faut que tu apportes une natte et une moustiquaire. Je les ai achetées pour toi. Ce sera utile, tu verras ! Il faut te présenter sans tarder au centre de regroupement. Ne t'inquiète pas pour tes orchidées, je m'en occuperai. »

Si mon père aimait la foule des amphithéâtres, des vélodromes et des stades, il appréciait aussi le silence de la nuit pour la poésie. La perspective de dormir dans une cellule sur une natte par terre avec des inconnus ne l'enchantait guère. Mais un ordre du Comité administratif militaire était un ordre. Il partit donc avec son baluchon, sa natte et son moustiquaire en espérant que ces dix jours passeraient rapidement. Comble de l'ironie, mon père, qui avait enseigné à des milliers d'étudiants et dont la retraite approchait avant d'être renvoyé, s'en alla se rééduquer pour faire de lui un homme nouveau.

33

Lorsque le chef de l'îlot informa ma mère que son fils Hùng était en prison à Chi-Hoa, elle vacilla comme si elle venait de recevoir un violent coup de poing au visage. Hùng avait raté sa tentative de quitter le Viêt-Nam en bateau et on lui avait volé tout son argent. Les gens désespérés avaient besoin de croire à n'importe quoi et Hùng croyait, comme une cinquantaine d'autres personnes, à un meilleur avenir ailleurs, propulsé par une vieille jonque juste bonne à la casse. Il espérait faire sortir sa femme Ly et Paul Thanh plus tard. Mais son départ n'était qu'un simulacre. Les autorités, averties par les passeurs malhonnêtes, attendaient la nuit venue pour cueillir les fuyards.

Ma mère ne savait même pas que Hùng avait essayé de fuir en bateau à Vung Tau, anciennement cap Saint-Jacques, sur la même plage de sable doré où jadis mon père nous emmenait nous baigner les dimanches d'été. Rien qu'à entendre le nom de Chi-Hoa, elle avait des frissons dans le dos. Construite dans les années 1940 par l'Administration française pour remplacer la Maison centrale de Saigon, la prison de Chi-Hoa ne fut terminée qu'en 1953. C'était une prison octogonale à sécurité maximale de trois étages réputée infranchissable. Les différents régimes « fantoches » l'utilisaient pour enfermer les prisonniers d'opinion et de droit commun.

Ma mère, pour avoir tellement entendu parler de cette prison de sinistre réputation, savait que les conditions y étaient spartiates. Pour une soixantaine d'hommes enfermés dans une cellule, il n'y avait qu'un unique robinet d'eau et qu'une seule toilette à la turque. La chaleur y était insupportable. L'odeur de la toilette et des corps en sueur était pestilentielle. Une ampoule nue éclairait la cellule jour et nuit. Pour dormir, ils s'étendaient sur le ciment en rangs serrés comme des sardines. Il n'y avait qu'une petite ouverture large comme une boîte de chaussures sur la porte. Cette ouverture permettait aux gardes de surveiller jour et nuit les détenus. Dans la journée, les hommes marchaient en file dans la cellule et chacun pouvait faire une courte pause devant la petite ouverture pour respirer l'air un peu moins empesté du couloir.

Un profond désespoir s'empara de ma mère. Elle avait le cœur affreusement serré. Elle regrettait d'avoir été peu présente auprès de Hùng lorsqu'il était enfant. Elle avait travaillé tellement fort pour venir en aide à toute sa famille. Elle ne s'était pas occupée de lui autant qu'elle l'aurait souhaité. Elle avait failli à son devoir de mère.

C'était la même histoire de l'éloignement, de la distance, du silence, des paroles non prononcées entre une mère et un fils, la même maudite histoire du manque d'amour. Fils de père inconnu, peut-être que le drame de Hùng venait-il de ces quelques mots ? L'étiquette de *con hoang*, bâtard, lui collerait sur le dos toute sa vie. Maintenant, il était peut-être déjà trop tard. Elle croyait que tout s'était disloqué par sa faute. Elle avait des crampes à l'estomac. Elle s'affaissa de douleur sur une chaise et gémit :

« Hùng, mon fils ! Mon fils ! Ô Ciel, Grand Ciel ! Je Vous en prie, protégez-le, il a déjà assez souffert ! »

Elle s'agenouilla et évoqua la Terre, mais la Terre, indifférente, continuait sa course. Elle implora le Ciel, mais le Ciel bleu n'avait pas d'yeux, il était aveugle. Elle demanda l'aide des dieux, mais les dieux occupés par leur gloire étaient sourds.

Cet acharnement du destin n'était qu'une malchance de plus, qu'un malheur de plus, qu'un épisode de plus dans sa triste existence. Il déferla sur elle aussi sûr et inexorable que la marée de l'océan. Elle avait déjà tant donné. Maintenant elle se trouvait là, par terre, sans force, comme devant un mur de béton infranchissable. Elle croyait qu'il y avait une mauvaise énergie dans son karma. Elle avait l'impression que le cauchemar, jamais, ne finirait.

Ravalant ses larmes, elle alla se changer dans sa chambre. Elle se regarda dans un miroir. Son teint était pâle et de grands cernes creusaient ses joues. Ses longs cheveux, jadis d'un brillant noir de jais, étaient maintenant d'un terne poivre et sel. Des pattes d'oie prolongeaient ses yeux. Des taches brunes couvraient le dos de ses mains. En 1975, elle avait quarante-cinq ans et portait à pleins bras ses lassitudes. Décidément, elle avait vieilli de dix ans d'un seul coup. Elle enfila une tunique traditionnelle brune. Dans la rue, elle redressa le dos, marcha la tête haute et héla un conducteur de cyclo-pousse. Elle s'installa sur le siège et, digne comme une reine, lui indiqua la direction de la prison de Chi-Hoa.

34

« À partir de 1975, je ne t'ai pas envoyé de lettres en France, car je peinais pour survivre, dit ma mère. C'était le temps où on mangeait du vieux riz et du mauvais poisson. Chi Hai avait fermé sa buvette. Nous avions loué un étal au marché central de Saigon pour vendre des fruits du delta du Mékong. Nous vivotions. Un timbre pour une lettre en France coûtait cher. D'ailleurs, quoi écrire ? Surtout, je ne voulais pas t'alarmer outre mesure pour que tu puisses bien étudier. »

Ma mère avait de la difficulté à raconter la période de rééducation de mon père car l'évocation du sort qui lui avait été infligé ravivait sa peine. Son récit a laissé dans mon cœur des plaies indélébiles et affecté ma confiance déjà si fragile en l'humanité. L'exploitation et l'oppression constituent un abus de pouvoir dans un monde d'hommes sans âme. Je suis impuissante face à cette réalité, mais je ne peux me résoudre au silence. J'évoque la souffrance de mon père pour ne pas laisser aux puissants la seule écriture de l'histoire. Je joins ma voix désespérée à ceux qui plaident pour plus de tolérance et d'humanité sur cette Terre. Le déni de la dignité humaine est de la pure violence. J'écris pour qu'il reste une infime trace, même si je sais que la poussière finira par tout ensevelir.

« Confucius affirme que la nature fait les hommes semblables, mais que la vie les rend différents. Ton père savait que la nature humaine était corruptible. Il savait que par peur et par instinct de survie, l'homme était voué au meilleur comme au pire. Dans ce milieu où régnait la loi du plus fort, il se méfiait de sa propre faiblesse et se demandait s'il était capable, tel le lotus qui se dresse au-dessus de l'eau boueuse, de garder sa dignité. »

Du centre de regroupement, mon père et ses compagnons furent conduits dans trois camions militaires Molotova de fabrication soviétique jusqu'à Biên Hoa, à une cinquantaine de kilomètres de Saigon. C'était un ancien orphelinat que l'on avait transformé en centre de rééducation. Mon père faisait partie du groupe des « aînés », ceux qui avaient soixante ans et plus.

Un cadre politique expliqua aux « futurs » rééduqués que le Parti communiste était fondé sur des principes humanitaires et que s'ils se rééduquaient de bonne foi, le Parti saurait se montrer magnanime envers eux. Il leur distribua une nouvelle fiche biographique à remplir.

« Je n'étais qu'un simple professeur de littérature, expliqua mon père. Pendant toute ma carrière, j'ai essayé de partager mon amour de la poésie avec mes étudiants.

– Vous savez, la poésie est parfois une arme redoutable, répliqua le cadre politique. En tant que professeur de littérature, on est souvent tenté de vivre les grands élans de l'intelligence des autres. Réfléchissez bien et surtout n'oubliez aucun détail. »

On vérifia et contrevérifia minutieusement les informations fournies par mon père. On lui demanda d'éclaircir ses voyages au Cambodge. Quel était le but de ses voyages ? Qui avait-il rencontré ? De quoi avait-il discuté ? Cela avait duré des semaines puis des mois. Mon père avait rédigé sa biographie des dizaines de fois.

Les rééduqués se levaient à cinq heures du matin au son d'un morceau de mortier transformé en gong. Après les ablutions près des jarres d'eau dans la cour, ils faisaient de la gymnastique puis se réunissaient dans la salle commune où était tendue une banderole portant un slogan de Hô Chi Minh : « Rien n'est plus précieux que l'indépendance et la liberté ! » Un cadre politique leur lisait un article du journal *Nhân Dân*, Le Peuple, l'organe du Parti communiste vietnamien, ou du quotidien *Quân Doi Nhân Dân*, l'Armée populaire, sur les bienfaits de la Révolution et sur la politique du Parti.

À midi, on leur distribuait un bol de riz concassé et une tranche de chou mariné. Mon père pensait au paddy pour le bétail que les paysans de Vinh Long étalaient sur le bord de la route pour le faire sécher. En guise de *nuoc mam*, la sauce de poisson, on leur donnait de l'eau mélangée à du sel gris. Chaque rééduqué avait droit officiellement à trois cents grammes de riz par jour mais en réalité il en recevait moins en raison du riz moisi.

Heureusement pour mon père, il rencontra un de ses anciens étudiants, Vinh Cung, avec lequel il pouvait parler. Celui-ci portait la précieuse particule Vinh tout comme le prince Vinh Thuy devenu l'empereur Bao Dai. Natif de Huê, Vinh Cung était en effet l'un des nombreux cousins de Bao Dai. Son jeune frère Vinh Tuân était aussi en rééducation mais dans une autre section séparée. La misère se supportait bien mieux à deux entre *Thây*, professeur et *Trò*, étudiant.

Après le repas, les rééduqués retournaient à la salle commune pour d'autres discussions. À seize heures, avant le coucher du soleil, ils mangeaient leur maigre dernier repas de la journée. Après avoir ingurgité le même riz fade, ils avaient encore faim. Ils avaient toujours faim. À peine le bol de riz avalé, ils pensaient déjà au prochain repas. Le matin en se levant, ils avaient faim et le soir, en se couchant, ils avaient faim. La faim était une deuxième peau qui ne les lâchait plus. Leur esprit était esclave de la faim.

Le soir, les discussions duraient tard dans la nuit. Au cours de ces séances de rééducation, les sujets traités portaient sur les crimes des Américains et des gouvernements « fantoches ». Après l'exposé du cadre politique, les rééduqués travaillaient en sous-groupes. Ces séances devaient leur permettre d'éliminer les pensées rétrogrades de l'ancienne société.

Lors des réunions d'autocritique, ils devaient non seulement dénoncer leurs propres erreurs passées mais également celles de leurs compagnons. Mon père se gardait bien de dénoncer quiconque pour ne pas glisser dans le mouchardage et la délation, armes des lâches. Un mot de trop pourrait amener une très lourde peine. Le silence n'est-il pas le refuge du sage ? Alors, place au silence.

« J'ai entendu le professeur Binh déclamer des poèmes contre-révolutionnaires, dit Xê, un planteur de manioc.

– Mais cet homme n'est plus professeur ! Vous êtes des rééduqués, vous n'avez droit à aucun titre », trancha le cadre politique d'un ton péremptoire. Il ordonna à mon père :

« Citez donc ces poèmes, on va en juger ! »

Mon père se courba le dos lorsqu'on l'apostropha. Il hésita, mais lorsqu'il lut sur les visages défaits de ses compagnons la faim, la peur, l'épuisement et l'humiliation, alors lentement il se leva, se tint bien droit et d'un ton bien posé, récita ces vers :

Que faire quand on est en prison, sans alcool, sans fleur
Devant cette nuit délicieuse et par un temps si beau ?
L'homme contemple par la croisée la lune en sa splendeur
La lune regarde le poète à travers les barreaux[13].

---

[13] *Mille ans de littérature vietnamienne, une Anthologie*. Édition établie par Nguyên Khac Viên et Huu Ngoc. Éditions Philippe Picquier, 1996. Poème *Vong nguyêt* de Hô Chi Minh.

Le cadre politique demeura bouche bée. Ces vers lui semblaient familiers ! Il fixa mon père, les yeux ronds derrière ses épaisses lunettes à monture d'écaille. Mon père récita un deuxième poème :

Sous le choc du pilon souffre le grain de riz
Mais l'épreuve passée, admirez sa blancheur
Pareils sont les humains dans le siècle où l'on vit
Pour être homme, il faut subir le pilon du malheur[14].

Tous les compagnons de mon père restèrent silencieux. On aurait entendu voler une mouche. Ils sentaient que quelque chose d'insolite venait de se passer. Ils fixaient le cadre politique. Celui-ci était devenu rouge de surprise.

« Voilà, le premier poème porte le titre *La lune*, et le deuxième, *Le chant du riz pilé*. Ces poèmes écrits par Hô Chi Minh en 1942 et 1943 alors qu'il était prisonnier du Kuomintang en Chine, font partie de son recueil *Carnet de prison*. La poésie est l'âme du pays. Hô Chi Minh était un grand poète. Depuis quand est-il contre-révolutionnaire de citer des poèmes de l'oncle Hô ? » demanda mon père.

Le cadre politique fit un geste de la main pour disperser tout le monde. La séance fut promptement levée. Aucun blâme ne fut adressé à mon père, l'ancien professeur de littérature.

---

[14] *Mille ans de littérature vietnamienne, une Anthologie*. Édition établie par Nguyên Khac Viên et Huu Ngoc. Éditions Philippe Picquier, 1996. Poème *Nghe tiêng gia gao* de Hô Chi Minh.

35

Mon père l'avait échappé belle, car cette nuit-là on réveilla les rééduqués en leur demandant de rassembler leurs affaires pour un voyage. On les entassa dans des camions militaires aux bâches hermétiquement closes. Le convoi s'ébranla lourdement. Le jour suivant, au terme d'un long voyage, ils arrivèrent à destination à la tombée de la nuit.

Vinh Cung qui regardait à travers une fente de la bâche, reconnut au loin la montagne de la Dame noire. Il en conclut qu'ils se trouvaient sur la Route nationale 22, dans la région de Tây Ninh, au nord-ouest de Saigon, près de la frontière cambodgienne. Rien qu'à entendre les mots « frontière cambodgienne », mon père et ses compagnons d'infortune eurent un haut-le-cœur en pensant aux Khmers rouges.

Les nouvelles du Cambodge depuis la chute de Phnom Penh à la mi-avril 1975 étaient effrayantes. Les Khmers rouges avaient mis le pays à feu et à sang. La capitale Phnom Penh était devenue une ville morte. Un cousin de ma mère, établi au Cambodge depuis des années, s'était enfui de Phnom Penh pour échapper à une mort certaine. Il racontait des scènes cauchemardesques : les Khmers rouges en folie tuaient tout ce qui bougeait, hommes, femmes, enfants, buffles et cochons. Des cadavres flottaient dans les rizières et s'entassaient dans les forêts.

Mon père scruta les alentours. Le nouveau camp à peine débroussaillé était ceinturé par une clôture grillagée et hérissée de barbelés. Des gardes munis de fusils automatiques les surveillaient de leurs postes sur pilotis. N'entrait pas qui voulait, mais ne sortait pas qui voulait non plus. Le système avait sa logique simple et implacable. Pour la première fois de sa vie, mon père était enfermé. Il venait de comprendre que le centre à Biên Hoa n'était qu'un endroit de tri pour départager « ceux qui pourraient devenir d'honnêtes citoyens » et « les contre-révolutionnaires endurcis, ceux qui représentaient un danger pour la société nouvelle ». La vérité éclatait dans sa claire et stupéfiante brutalité.

Coup de tonnerre !

Stupeur !

Désespoir !

Dans ce nouvel emplacement appelé *Trai cai tao*, Ferme de rééducation, mon père apprit avec horreur que la rééducation ne durerait pas dix jours comme on le lui avait annoncé, quelques mois comme il osait encore l'espérer, mais possiblement plusieurs années. Il éprouva une détresse sans fond. Son ventre se noua. Il avait envie de vomir, mais il n'y avait rien dans son estomac vide. La proximité des Khmers rouges était en plus très inquiétante. Il sentait une sourde menace planer sur eux. Il avait froid dans le dos. Il était ébranlé, il avait peur.

Ici, à la « Ferme », on passait à l'étape de la rééducation par le travail. Il fallait purifier l'esprit par le travail physique. Les rééduqués étaient répartis en plusieurs équipes : planteurs de manioc, jardiniers, bûcherons, forestiers, menuisiers, ouvriers et cuisiniers. Comme mon père avait quelques notions en jardinage, il se retrouva dans l'équipe des jardiniers.

Dans la pure tradition confucéenne où l'élévation de l'esprit primait sur tout, un proverbe vietnamien classe le lettré au premier rang, suivi de l'agriculteur, de l'artisan et du commerçant. Mais pour empêcher le lettré de se prendre trop au sérieux, un autre proverbe se moque de lui en précisant que quand le riz vient à manquer et qu'on doit le quémander, l'agriculteur se retrouve au premier rang et le lettré au dernier.

On affecta mon père au compostage du jardin potager. Pieds nus et pantalons enroulés jusqu'aux genoux, il préparait du compost fait d'excréments humains mélangés à de la terre. Il disposait le fumier en gros tas, en tas moyens et en petits tas, comme de petites collines. Il répartissait ensuite le précieux engrais naturel autour des plants de concombres, de haricots et de tomates. Ces légumes étaient réservés aux cadres politiques, les rééduqués, eux, ne les voyaient qu'à travers un grillage. Au moins, l'ancien professeur de littérature était seul, les pieds bien enfoncés dans le fumier frais, pour réfléchir en toute quiétude. L'ancien ambassadeur itinérant disposait de tout son temps pour voyager dans sa tête sans être dérangé. Il était roi en son royaume.

Après des mois de sous-alimentation, mon père était à bout de force. À l'épuisement physique s'ajoutait la souffrance morale. Des jours, puis des mois passaient dans un linceul de grisaille. Rien ne lui était laissé, hors de ses rêves, s'il lui restait assez de force et d'énergie pour rêver. Le temps s'écoulait avec une angoissante lenteur.

La portion de riz diminuait pour disparaître tout à fait. Le delta du Mékong, vaste grenier de riz qui nourrissait jadis tous les habitants du pays, était en totale rupture de stock. L'agriculture collectivisée s'en allait à vau-l'eau. On leur distribuait du manioc le midi et une soupe claire dans laquelle flottaient des liserons d'eau le soir. Il y a un proverbe qui dit que quand la faim tenaille, il faut bien que genoux se traînent, pieds courent, jambes filent[15] !

---

[15] *Esquisses pour un portrait de la culture vietnamienne*, Huu Ngoc, Éditions Thê Gioi, Hanoi, 1996-1997.

Alors, à l'insu des gardes, les rééduqués qui labouraient les rizières attrapaient de petits poissons et les mangeaient crus. Ceux qui coupaient des arbres dans la forêt gobaient des vers, des criquets et d'autres insectes. Ils revenaient malades, le ventre gonflé, après avoir avalé des champignons sauvages et des mauvaises herbes. Certains développaient des œdèmes. Leurs visages étaient bouffis et ils étaient maigres comme des allumettes. Ils n'avaient que la soif et la faim tout au long du chemin et la nuit, le froid et la désolation.

Souvent, en se couchant sur sa natte sur le ciment, mon père se demandait si son passé était bien réel. Il se remémorait son enfance choyée à Vinh Long, son adolescence au lycée Chasseloup-Laubat à Saigon, sa jeunesse à la Sorbonne à Paris, sa vie d'adulte comme professeur d'université. Tout cela était bien loin maintenant. Il se sentait tellement seul, terriblement seul parmi ses trente compagnons de cellule qui ne pouvaient s'échapper que par le rêve. Dans la solitude, le pire était l'affrontement avec soi-même. Il pensait à la mort. Tout son corps voulait dormir. Si seulement il pouvait dormir, dormir à tout jamais. Il espérait mourir dignement s'il ne lui était pas possible de vivre dignement.

Au bout d'une année, on avait permis aux rééduqués d'écrire une lettre d'une demi-page à leur famille. Mon père écrivit à ma mère pour lui dire tout simplement qu'il se portait bien. On leur avait ordonné de ne pas mentionner le nom de la « Ferme » située près de la frontière cambodgienne. Le planteur de manioc Xê, celui qui avait dénoncé mon père à l'une des réunions d'autocritique, était venu s'excuser. Il lui avait même demandé d'écrire de sa belle écriture le poème d'amour de Xuân Diêu, *Je pense à toi ce soir*, pour sa femme.

Les lettres des compagnons de cellule de mon père étaient écrites avec des mots tremblants et mal formés, mais elles étaient remplies de tant d'amour et d'espoir. Personne ne recevait de réponse car il n'y avait pas d'adresse de retour. La pire torture mentale pour tous était de ne pas recevoir de nouvelles de leur famille et de ne pas savoir quand leur temps de rééducation allait se terminer.

Pour empêcher son esprit de s'enfoncer dans la tristesse, mon père amorçait un dialogue intérieur et se réfugiait dans cette mer sans rivages, la poésie. « Peut-on vivre sans paroles ? Peut-on bâillonner à jamais un poète ? Sans les mots, qu'adviendrait-il de nous ? » se demandait-il. Dans sa solitude, il lui fallait des provisions morales. Son égoïsme et sa maladresse envers ma mère revenaient le hanter et il était accablé de chagrin. Il pensait à elle et à ces vers de Xuân Diêu :

Ce soir, je suis seul à écouter le soir
Pénétrer lentement dans mon âme esseulée
Je pense à ta voix, à ton corps, à ton image.
Je pense à toi, ô combien je pense à toi
ma bien-aimée[16] *!*

[16] *Aperçu de la poésie vietnamienne de la décade pré-révolutionnaire*, Duong Dinh Khuê - Nicole Louis-Hénard, Bulletin de l'École française d'Extrême-Orient, Vol. 65, 1978. Poème *Tuong tu chiêu, Je pense à toi ce soir,* de Xuân Diêu.

36

Mon ambassade m'a chargée d'aller sur les Hauts-Plateaux du Centre à la trace du gong, un aspect de la culture immatérielle des ethnies minoritaires qui y habitent. Le gong est un instrument de musique qui fait partie intégrante de la vie quotidienne des Bahnar ou Ba Na et des Jarai, les deux ethnies les plus représentées dans la province de Kon Tum. Dans la langue Ba Na, *Kon* signifie village et *Tum*, étang. À plus de cinq cents mètres d'altitude, cette région est en effet parsemée de lacs et traversée de cours d'eau. Sa terre rouge très fertile est propice à la culture du thé et du café.

Je suis curieuse de visiter les Hauts-Plateaux, sites de batailles meurtrières pendant la guerre américaine tels que Dakto, Plei Me et la vallée de la Drang, car ils ont été longtemps fermés aux voyageurs. Les Américains, comme les Français avant eux, avaient entraîné plusieurs groupes ethniques pour combattre la guérilla communiste dans les hautes montagnes à la frontière entre le Viêt-Nam et le Laos. C'étaient des guerriers redoutables car ils connaissaient les labyrinthes de la jungle comme leur poche.

Les missionnaires catholiques et protestants avaient évangélisé des communautés entières grâce aux dispensaires, aux écoles et à la promesse d'une vie meilleure au paradis. Comme le gouvernement révolutionnaire de 1975 concevait une vie meilleure ici-bas sur terre et non au paradis, certaines communautés se trouvaient coincées entre l'arbre et l'écorce.

Les Hauts-Plateaux s'ouvrent peu à peu aux voyageurs amoureux de la culture et de la nature. Car ici, malgré les dégâts causés par la guerre, la nature sauvage a repris ses droits. Cette région était autrefois le terrain de chasse de prédilection de l'empereur Bao Dai : il y chassait le tigre, le léopard, le buffle sauvage et le sanglier. Vu Huu Dinh, dans son poème *Quelque chose pour se rappeler*, vante la beauté d'une des provinces des Hauts-Plateaux, qu'il comparaît à une femme « bien-aimée aux joues roses et aux lèvres rouges ».

De nos jours, il faut être accompagné d'un guide pour entrer dans le haut pays. J'ai été invitée par un jeune professeur de l'ethnie Ba Na, monsieur Ba. Au centre-ville, je passe devant la splendide cathédrale de Kon Tum. Construite en bois de teck dans les années 1930, cette cathédrale fut le lieu de formation des missionnaires chargés d'évangéliser la population locale. L'architecture est magnifique. Je visite la salle d'exposition de l'évêché où se trouvent plusieurs objets cérémoniels de l'ethnie Ba Na. Je peux enfin examiner un gong ancien de plus près. Les Ba Na croient qu'il y a un dieu derrière chaque gong qui les protège.

Après avoir franchi plusieurs postes de garde, j'arrive au village Ba Na. Des paillotes sur pilotis entourées d'un jardin de bananiers, de papayers et de citronniers sont érigées le long du chemin principal. Je me dirige vers la maison communale, appelée ici *Nhà rong*, longue paillote sur pilotis pourvu d'un grand toit de chaume évasé, qui domine le centre de la communauté où m'attend le professeur.

« Bienvenue au village Ba Na ! dit-il.

– Je suis très heureuse d'être ici. Je vous remercie de votre accueil. J'ai hâte d'entendre le concert de gongs.

– Nous allons d'abord prendre l'alcool de l'amitié. »

En guise de bienvenue, on nous apporte une jarre d'où sortent de grosses pailles en bambou. Nous prenons une gorgée de cet alcool de riz très fort qui brûle l'estomac. Le spectacle peut commencer ! Sur l'estrade, un orchestre composé de quatre hommes et de trois femmes est installé en demi-cercle. Les musiciens ont des gongs de différentes dimensions, de vingt à quatre-vingts centimètres.

Les percussionnistes frappent sur leurs gongs avec leurs mains nues. Chaque gong, fait d'un mélange de cuivre et d'argent, produit un son différent. Le tout forme un ensemble de sons harmonieux dépeignant la magnificence des montagnes et des forêts. Le rythme est rapide ou lent, joyeux ou triste selon la cérémonie : bénédiction du riz, offrandes aux dieux, noces ou funérailles. J'ai l'impression que chaque spectacle est unique. Comme les musiciens jouent sans notes, ils improvisent. Je me laisse entraîner par ces sons et déjà je me sens flotter. Ce n'est certainement pas l'effet de l'alcool de riz.

Je suis contente que les Hauts-Plateaux soient de plus en plus reconnus pour la beauté du paysage, le parfum du thé, la saveur du café et l'authenticité de la culture des ethnies minoritaires, et non pour les noms des terribles batailles d'antan. Les sons du gong vibrent encore dans ma tête. Je confie mon âme au dieu du gong pour qu'il libère au vent de la forêt mon vieux chagrin d'enfance.

37

Un dimanche après-midi, mon père et quelques-uns de ses compagnons furent convoqués au poste de garde. On leur annonça qu'ils avaient de la visite. Mon père se demanda qui voulait bien le voir. Il n'avait aucune nouvelle de personne depuis fort longtemps. Il se rongea les ongles. Les minutes défilèrent trop lentement. Son tour arriva finalement. On le fit sortir dans une petite cour barrée par une cloison en bambou.

À une distance de deux mètres de l'autre côté de la barrière de bambou se tenait une femme portant un chapeau conique. À cause de la vive clarté du soleil, il ferma ses yeux et en les rouvrant, il reconnut la frêle silhouette. La femme ôta son chapeau. Oui, c'est bien elle, c'est bien elle !

Ma mère portait une tunique traditionnelle brune et un pantalon en satin noir. Elle avait les larmes aux yeux en voyant mon père amaigri. Il flottait dans son ensemble de coton bleu délavé. Ses rares cheveux avaient tous blanchi. Il avait des poches sous les yeux comme un homme qui avait trop vécu. Pour ma mère, la situation semblait tout à fait irréelle. Il n'appartenait pas à ce lieu. D'ailleurs, qui voulait se vanter de faire partie de ce lieu ?

Un garde écoutait la conversation et surveillait leurs moindres faits et gestes. Mon père ravala ses larmes à la vue de ma mère. Elle avait les traits tirés et un visage de chat en triangle avec deux grands yeux sombres. Il avait tellement envie de la serrer dans ses bras et de la toucher mais la cloison l'en empêchait. Il devait lui parler à voix haute pour se faire entendre.

« Comment as-tu su que j'étais ici ?

– J'ai reçu ta lettre l'année dernière sans aucune adresse de retour. Grâce à la précieuse aide de mon chef d'îlot, de fil en aiguille, j'ai pu remonter jusqu'à toi. Hier, j'ai pris un autocar jusqu'à Tây Ninh où j'ai passé la nuit chez l'habitant. Ce matin, j'ai loué les services d'un conducteur de motocyclette qui m'a amenée jusqu'ici. Je t'ai retrouvé, c'est l'essentiel ! »

Puis ma mère demanda au garde de venir chercher un colis pesant exactement deux kilogrammes qu'elle avait apporté à mon père. Elle remit au garde un paquet de cigarettes qu'il enfouit prestement dans sa poche. Au bout d'un moment, on leur signala la fin de la rencontre. Avec un pincement au cœur, mon père regarda une dernière fois ma mère puis se dirigea vers sa cellule avec le pas lent du vaincu. Il sentit dans son cœur une très profonde tristesse comme il n'en avait pas éprouvé depuis longtemps. Il laissa libre cours à ses larmes.

Dans sa cellule, mon père déballa le colis remis par ma mère. Il contenait une pipe, du tabac, du sel, du sucre de palme, du thé, des crevettes séchées et une petite boîte ronde d'onguent, du baume de Tigre souverain contre les maux de tête. Il y avait quelques paquets de cigarettes qui servaient de monnaie d'échange dans le camp. Au fond du colis, il découvrit, à son grand plaisir, une orchidée miniature qu'il ne connaissait pas, bien ficelée sur une boîte de lait en poudre Guigoz.

38

Maurice Guigoz, né dans le val de Bagnes en Suisse, fonda en 1908 la société Guigoz. Le lait en poudre Guigoz pour bébé, aussi employé dans le traitement de certains problèmes gastroentérites, connaissait un succès mondial. Il a été mis en vente dans les années 1920 dans un grand nombre de pays, notamment en Indochine française où il y avait beaucoup de problèmes gastriques à cause de l'eau malsaine et du climat tropical.

On en trouvait encore à Hô-Chi-Minh Ville après 1975 à des prix exorbitants au marché noir. Le lait en poudre compensait en vitamines la nourriture déficiente du camp. Les familles des rééduqués se donnaient le mot et ma mère apprenait vite. Elle économisait chaque sou rond pour se procurer une boîte de lait en poudre Guigoz et l'inclure dans le colis pour mon père.

Les rééduqués qui en avaient reçu tenaient à leur boîte Guigoz comme à la prunelle de leurs yeux. Ils l'appelaient la boîte « gô ». Une fois leur boîte « gô » vidée plus vite que de coutume, ils s'en servaient pour stocker du sel, du sucre, de la farine et du tabac. La boîte Guigoz en aluminium, solide et étanche, résistait à l'humidité ambiante. Les rééduqués utilisaient même leur boîte « gô » comme récipient pour leur thé et leur soupe.

En échange de quelques cigarettes que mon père lui avait données, Vinh Cung avait demandé à un rééduqué qui travaillait dans l'atelier de fonte de renforcer d'une couche d'acier la base de la boîte « gô » de mon père. Il lui avait remis une boîte Guigoz cuirassée. De plus, il avait fait souder un manche en métal. Mon père pouvait ainsi utiliser sa boîte « gô » pour réchauffer son thé ou sa soupe sur le feu de bois en l'accrochant sur un bâton quand on leur permettait de faire la cuisine collectivement. Dans un milieu où chacun luttait pour sa survie, mon père éprouvait un sentiment à la fois doux et fort par ce geste si généreux de Cung, un don gracieux qui tombait du Ciel.

Chaque dimanche soir devant un grand feu de bois, on pouvait voir plusieurs silhouettes fantomatiques, dont celle de mon père, tenant des bâtons au bout desquels étaient suspendues des boîtes « gô » pour réchauffer leur soupe aux herbes. Dans la fantastique lumière du coucher, ils avaient l'air de participer à une hallucinante partie de pêche sur les flammes. Maurice Guigoz, s'il était encore vivant, serait très surpris de l'usage inattendu de ses boîtes de lait en poudre par ces hommes privés de tout, ces rééduqués du bout du monde.

39

Lorsque je pense à mon père, c'est l'image d'un homme immobile devant ses orchidées qui me revient. Papa savait goûter à la beauté. Confucius dit que « les mots échangés entre amis au même cœur sont aussi exquis que l'arôme de *lan* ou l'orchidée. »

Quand j'étais jeune, mon père avait essayé de m'inculquer cet art de contempler et de sentir avec son cœur. Son jardin de fleurs procurait un dépaysement sensoriel grâce à la magie des couleurs et à la subtilité des parfums. Mais, dissipée et impatiente, je n'ai pas su apprécier ces précieux moments d'initiation. J'avais mes préoccupations d'adolescente. Il fallait être entièrement disponible. Chaque fibre de son corps devait être en état de relâche totale.

Papa me parlait du sanctuaire d'orchidées qui se trouvait dans le Jardin botanique de Singapour. Là, des milliers de variétés d'orchidées fleurissaient sur des collines à l'ombre des palmiers, des frangipaniers, des plantes de gingembre et des oiseaux de paradis. Chutes, cours d'eau et rochers agrémentaient un paysage unique. Les orchidées étaient classées selon les quatre saisons : le printemps dans les tons de crème et de jaune, l'été dans les coloris de fuchsia et de pourpre, l'automne dans les nuances de violet et de mauve, et l'hiver dans les notes blanches et bleues. La serre de Papa était modeste comparée au merveilleux jardin d'orchidées de Singapour, mais c'était son coin de paradis.

Les orchidées de Papa étaient une source d'inspiration pour ma mère. Quand la vie n'était pas facile pour une femme seule sans ressources, où allait-elle pour se réfugier ? Elle retournait dans son village natal au bord du Mékong. Sadec, anciennement nommé Phsar-Dèk ou « marché du fer », aurait plutôt dû s'appeler « marché de fleurs », car le village fournissait Hô-Chi-Minh Ville en fleurs. Dans le delta du Mékong, les agriculteurs savaient calculer. Une parcelle de melons valait cinq fois plus qu'une parcelle de paddy et une parcelle de fleurs, dix fois plus, car le prix du riz, denrée de première nécessité, était maintenu bas.

Un beau matin, ma mère arriva chez sa sœur Quatre à Sadec avec une idée en tête. Elle voulait cultiver des fleurs, mais pas n'importe lesquelles, des orchidées. Elle avait dans ses bagages des sacs remplis de jeunes pousses de toutes sortes d'orchidées. Elle choisit une parcelle de terre bien ensoleillée appartenant à sa sœur pour en faire une serre. Ayant pris soin de la collection d'orchidées de mon père, ma mère savait comment s'y prendre. Elle maniait adroitement ces fleurs précieuses.

Les orchidées prenaient moins de place que les fleurs en terre, car elles poussaient dans des pots qu'on pouvait suspendre en hauteur, sur plusieurs étages. Leur culture consistait en un dosage savant sur les plans de la lumière, de l'humidité, de la ventilation et de l'arrosage à l'eau de pluie.

Chez les Vietnamiens, même chez les moins nantis, il y a depuis toujours un engouement pour les orchidées, reines des fleurs, belles et racées. Certaines espèces sont faciles à entretenir et leurs hampes florales peuvent durer des semaines, voire des mois. Offrir une plante d'orchidée, c'est offrir son cœur, ce qu'on a de plus précieux et de plus beau.

Ma mère se levait à l'aube, déjeunait d'une soupe de riz et marchait jusqu'à sa serre d'orchidées. Elle s'occupait des orchidées jusqu'au lever du soleil. Fort heureusement, Sadec était doté d'un microclimat et, grâce au réseau régulateur du Mékong, les orchidées poussaient à merveille. Le travail était exigeant, mais son cœur se remplissait de joie chaque matin, car elle pensait à mon père. Les orchidées qui commençaient à produire des hampes florales étaient prêtes pour être transportées à Hô-Chi-Minh Ville en jonques par le Mékong et la rivière de Saigon. Elle notait avec soin dans un carnet, de son écriture appliquée et penchée, les variétés d'orchidées. Elle qui ne parlait toujours pas un mot étranger, apprenait par cœur leurs noms en latin.

La plupart de ses orchidées étaient des *Cymbidiums* originaires de la Chine, du Japon, de la Thaïlande et du Viêt-Nam. Les *Dendrobiums* étaient des orchidées à grosses fleurs solitaires ou groupées par deux ou trois. Ma mère avait un faible pour les *Phalaenopsis*. Ce nom vient du grec et signifie : qui ressemble à un papillon, car les hampes florales de ces orchidées sont semblables à un vol de papillons tropicaux blancs. Enfin, les orchidées *Vanda*, nom facile à prononcer pour elle, avaient de vigoureuses tiges fournies de grosses fleurs roses, brunes et pourpres.

Ma mère ne ménageait pas ses conseils auprès de ses clients. Du temps, elle en avait pour « ses » orchidées. Chi Hai avait loué une petite boutique pour exposer les différentes variétés. Les cours donnés par ma mère sur les soins à prodiguer aux orchidées attiraient de nombreux amateurs. Chi Hai, en femme d'affaires reconvertie, avait organisé tout un réseau de distribution d'orchidées à Hô-Chi-Minh Ville.

40

Un après-midi, à la « Ferme », Vinh Cung entra dans la cellule avec une guitare qu'il avait fabriquée à l'atelier de menuiserie. Il barricada la porte de l'intérieur à l'aide d'un gros bâton. Il accorda sa guitare et commença à chanter une chanson de Trinh Công Son :

Par les Chinois asservis un millénaire entier
Un siècle sous la domination des Français
La guerre civile chaque jour depuis vingt années
L'héritage que mère a laissé à son enfant
L'héritage de mère est un Viêt-Nam désolant.

Mon père sentait que quelque chose allait de travers. Cung n'était pas dans son état normal. Trinh Công Son était un immense poète, compositeur et musicien originaire du Centre. Il était l'un des compositeurs les plus adulés par la jeunesse vietnamienne dans les années 1960 et 1970, grâce à ses chansons contre la violence et l'absurdité de la guerre américaine. « Chacune de mes chansons est une déclaration d'amour à la vie », avait déclaré le compositeur. En raison de ses chansons pacifistes, Trinh Công Son avait des problèmes avec les régimes du Sud et du Nord. Mon père accourut vers son ancien étudiant et lui dit :

« Cung, pourquoi barricades-tu la porte ? Pourquoi chantes-tu cette chanson de Trinh Công Son ? Tu sais que ses chansons sont interdites par le gouvernement.

– Oui, je le sais bien, professeur Binh. C'est pour cela que je chante cette chanson, pour que l'on ne l'oublie pas !

– Tu vas t'attirer des ennuis !

– Elle est si belle cette chanson ! », dit Cung en le regardant de ses yeux sombres. Des yeux très tristes où il ne restait plus de larmes à force d'avoir pleuré. Mon père sentait en Cung une détresse telle qu'il en fut touché.

« Mon frère Vinh Tuân est mort ce matin… », dit Cung mais il ne put terminer sa phrase.

Mon père remarqua son bel accent de Huê comme si le raffinement d'un royaume ancien s'était intériorisé en lui, si beau et en même temps si douloureux. Mon père n'avait pas besoin d'en savoir plus, il ne pouvait que s'incliner devant ce désespoir si profond. Il toucha l'épaule de Cung. C'était sa façon de lui dire qu'il avait compris sa détresse et qu'il le soutenait dans son malheur.

« Hé Cung, ça va aller ! Tiens, je vais la chanter avec toi. Comme ça, nous serons deux à aimer cette chanson. On reprend ! »

Et l'ancien étudiant et l'ancien professeur chantèrent en chœur.

Par les Chinois asservis un millénaire entier
Un siècle sous la domination des Français
La guerre civile chaque jour depuis vingt années
L'héritage de mère est une forêt d'ossements.

Les gardes frappèrent violemment à la porte de la cellule. Cung et mon père chantèrent de plus en plus fort sans porter attention aux cris des gardes. Quelques membres de la brigade des planteurs de manioc se trouvaient dans la cellule, mais personne n'osait bouger.

Par les Chinois asservis un millénaire entier
Un siècle sous la domination des Français
La guerre civile chaque jour depuis vingt années
L'héritage de mère : une bande de métissés
L'héritage de mère : une bande qui a tout renié[17].

Les gardes défoncèrent la porte de la cellule et leur tombèrent dessus à bras raccourcis. Cung s'accrocha à sa guitare. Dans l'échauffourée, mon père reçut un coup sur la tête et tomba évanoui. Deux gardes le traînèrent par les épaules alors que d'autres ligotèrent les deux mains de Cung derrière son dos et le poussèrent dehors. Ils les jetèrent brutalement chacun dans un *conex*. Le mot *conex* est un diminutif de *container express*, une boîte en acier épais et étanche d'environ deux mètres sur deux mètres et d'une hauteur d'un mètre soixante utilisée par l'armée américaine pour transporter des équipements.

À la tombée de la nuit, mon père se réveilla, saisi par une odeur âcre et nauséabonde d'urine, de vomis et d'excréments séchés à l'intérieur du *conex*. Il était étendu dans l'obscurité sur le plancher en acier. Il tenta de se relever mais en vain. Il bougea ses jambes ankylosées pour faire circuler le sang. Il portait sur lui un mince pyjama bleu de travail.

Il avait faim et il avait froid. À côté de lui, il y avait une latte de manioc et un peu d'eau dans une bouteille en plastique. Un seau servait de pot de chambre. Dans le *conex*, sans natte ni couverture, il avait si froid qu'il claquait des dents et tremblait de tous ses membres. En cette fin d'année de 1978, le froid sortait de la forêt et de la montagne de la Dame noire. Il comprenait tout à fait ce que les mots *doi ret* voulaient dire : faim et froid. C'était terrible car il avait faim et froid en même temps. Il

---

[17] *Gia tai cua me*, chanson de Trinh Công Son. *L'héritage de mère*, traduit par Léon Remacle. www.tcs-home.org.

essaya d'appeler un garde, mais aucun son ne sortit de sa gorge sèche.

Pendant la journée, par contre, le soleil dardait ses rayons sur le *conex* qui devenait aussi brûlant qu'un fourneau. Les jours et les nuits s'entassaient. Mon père vivait dans un état semi-comateux. Ses yeux étaient embrouillés. Il ne dormait pas, mais n'était pas tout à fait éveillé. Il ne savait pas s'il faisait jour ou nuit.

De temps à autre, on donnait un coup de bâton sur le *conex* et le bruit métallique résonnait à lui faire mal aux oreilles. Deux fois par jour, on lui jetait un morceau de patate par terre. Comme à un chien. Il savait alors qu'un garde était passé. Il essayait de maintenir, malgré sa déchéance physique, une sorte de tenue. Surtout ne pas se comporter comme une bête. Sans dignité, il n'était plus rien. Alors, il serait à jamais vaincu.

Il entendait constamment des cris à côté. « Était-on en train de briser Cung ? », se demanda-t-il. Il revoyait dans sa tête le jeune Cung au sourire timide, si fort et si fragile. Les râles s'estompaient puis revenaient. Comme ceux d'un animal blessé. Il ne savait pas si ces plaintes d'outre-tombe provenaient de son cerveau épuisé, mais elles le hantaient jours et nuits. Il ferma les yeux. La chanson *La tristesse de chaque seconde* de Trinh Công Son lui revenait par bribes.

Chaque jour vivre dans l'ombre
Passer sa vie comme un prisonnier
Chaque jour plongé dans l'obscurité
S'asseoir et en silence écouter le monde
Et ressentir la tristesse à chaque seconde[18].

[18] *Buôn tung phut giây*, chanson de Trinh Công Son. *La tristesse de chaque seconde*, traduit par Léon Remacle. www.tcs-home.org.

41

Mais un soir, la poésie qui restait au fond de son cœur n'était plus en mesure de le rattacher à la vie. Mon père abandonna. Il ne buvait plus, il ne mangeait plus. Non, il ne faisait pas la grève de la faim. Il n'avait plus envie de vivre. Le désir de vivre l'avait tout simplement déserté. Toutes ses croyances s'étaient retirées de lui. Il ne voulait plus de cette humanité sans cœur et sans âme. Il ne voulait plus être de ce monde où on avait brûlé des livres et laissé mourir des idées. Les grands principes énoncés au peuple furent piétinés avec cynisme. Tant de gens étaient morts pour la liberté qui n'était qu'un mirage. L'homme pensait avoir conquis l'univers, mais il ne faisait que voler d'une cage à une autre. Tout avait changé et pourtant tout était resté pareil. Il n'avait plus soif, il n'avait plus faim. La peur aussi s'en était allée. Il n'avait plus peur devant la mort. Il avait finalement accepté la flagrante fragilité de l'homme et l'insoutenable précarité de la vie.

En raison de son état d'extrême faiblesse, on l'avait sorti du *conex* et transporté à l'infirmerie entre la vie et la mort. Il restait étendu sur un bat-flanc les yeux fermés. Il percevait les bruits du camp, les ordres des gardes, les pas pressés de l'autre côté du mur de bambou, les crissements de pneus des camions militaires. Il y régnait une certaine animation qui lui semblait inhabituelle. Mais que lui importait. Il n'était plus intéressé par ce qui se passait dehors. Dans un état de semi-conscience, il entendait des gens passer à côté de lui et discuter à voix basse. Quelqu'un lui humecta le visage.

Et de nouveau le silence, un silence opaque entrecoupé de temps à autre par le hululement d'un hibou. La présence de cet oiseau de nuit était le présage d'une mort prochaine. La sienne certainement. Même cette pensée ne l'émouvait pas. Il en venait même à négocier avec la Mort pour partir au plus vite vers ce là-bas, miroir de lumière.

Mon père était demeuré dans cet état pendant combien de temps, il ne le savait pas. Il se sentait plus léger, comme déchargé des peines terrestres. Son esprit devenait plus clair. Il se disait que si c'était cela mourir, alors il était prêt. Il n'avait cependant qu'un seul regret : de ne pas avoir su bien aimer ma mère. Il ne lui avait pas dit toute la poésie contenue dans son cœur.

La vérité était sortie comme une évidence : il s'était séparé d'elle pour ne pas lui créer des problèmes à cause de son passé ancré dans la vieille bourgeoisie. « Pardonne-moi, je n'ai pas pu vous protéger, les enfants et toi. Je ne suis pas digne de votre confiance et de votre amour. Comme rééduqué, je suis un fardeau pour vous ». Maintenant, il allait quitter cette vie sordide et son amour inachevé comme les paroles de ce poème populaire :

Brûlant est le gingembre
Et cuisant est le sel.
Entre nous partagés.
Jamais nous ne nous oublierons[19].

« Professeur Binh ! Réveillez-vous ! », dit Cung qui secoua son ancien professeur par les épaules.

Mon père revint à lui peu à peu. Il était entouré par une demi-douzaine de ses compagnons. Cung était parmi eux très amaigri, mais souriant.

---

[19] *Esquisses pour un portrait de la culture vietnamienne*, Huu Ngoc, Éditions Thê Gioi, Hanoi, 1996-1997.

« Ô Ciel ! s'exclama mon père. C'est bien toi Cung ?

– Oui, professeur Binh, on m'a relâché ! L'armée vietnamienne va lancer une attaque contre les Khmers rouges. Le camp sera déménagé d'ici quelques jours. Pour faciliter l'évacuation, les autorités ont décidé de libérer certains d'entre nous. On nous demande de nous préparer pour un départ à minuit. Nous sommes venus vous annoncer la bonne nouvelle. Votre nom est sur la liste ! »

Cung lui remit ses lunettes rafistolées d'un fil d'acier. Il l'aida à se redresser sur son bat-flanc. Mon père n'était plus qu'un paquet d'os. Son corps était un sac de douleur. Il avait mal partout, il n'avait presque plus de chair pour amortir le poids de ses os. Sur une liste écrite à la main il trouva au numéro 11 : Nguyên Van Binh, et au numéro 12 : Vinh Cung.

Mon père et Cung se regardèrent, ils se mirent à rire et à pleurer en même temps. Ils étaient comme fous. Ils ne pouvaient plus s'arrêter. Le barrage qui avait si longtemps bloqué le désespoir, la détresse et le chagrin avait cédé. Rien ne pouvait arrêter leurs larmes de joie. Leurs compagnons pleuraient eux aussi. Cung apporta à mon père du thé dans sa boîte Guigoz et des biscuits salés.

« Tenez ! Buvez ce thé ! Vous avez besoin de regagner un peu de force. Je vais vous aider, une gorgée à la fois. »

Mon père tenait dans ses deux mains tremblantes sa vieille boîte « gô ». Il buvait lentement. Le thé chaud lui coulait dans la gorge. Le biscuit salé lui piquait la langue. Pour la première fois depuis plus de trois ans, son cœur était submergé par la joie. La joie, la joie d'être, la simple joie d'être vivant.

42

Quelqu'un tambourina chez ma mère à Bàn Cò. Sa belle-fille Ly apparut au seuil de la porte, les yeux rougis. Ma mère sentit un coup au cœur devant l'annonce imminente d'une catastrophe.

« Qu'y a-t-il, Ly ? demanda-t-elle.

– C'est Paul Thanh… dit Ly.

– Mais parle, qu'est-ce qui s'est passé ? insista ma mère.

– Il a tenté de se suicider mais on l'a secouru juste à temps. Sa vie est sans danger maintenant. Il repose à l'hôpital Cho Rây. »

Ma mère se laissa tomber sur une chaise. Une jeune vie avait failli basculer. Une tristesse sans bornes l'assaillit. Elle aimait Paul Thanh comme une grand-mère pouvait aimer son premier petit-fils, comme un vrai fils de son fils, comme son propre sang, sa propre chair. Elle l'aimait de tout son cœur, envers et contre tout, au-delà des apparences, au-delà des préjugés, au-delà de ses propres souffrances. Les deux femmes pleurèrent à chaudes larmes sans pouvoir s'arrêter. Ma mère était au bord de l'épuisement moral.

Elle ne savait pas que Paul Thanh, si jeune, si beau et si fort, s'était déjà senti perdu. Il n'y avait pas de place pour lui dans cette ville, sur cette terre, nulle part, à cause de ce qu'il était : un Amérasien.

La réprobation qu'il voyait tous les jours dans le regard des autres à cause de sa peau trop claire et de ses yeux trop bleus l'avait épuisé. Le sort d'un métis américain, un Amérasien, à cette époque où les blessures étaient encore vives, était bien pire que celui d'un métis français, un Eurasien, une génération avant. Il était l'enfant de l'ennemi américain. Il personnalisait à lui tout seul l'ennemi qui avait lancé des bombes sur la population : bombes à fragmentation, au phosphore, au napalm, au gaz. Une honte. Une souillure.

Paul Thanh faisait la sourde oreille aux railleries des *bui doi*, poussières de vie, gosses de la rue : « Hé, sale métis, ta mère est une putain ! Toi, tu es tête de poulet, cul de canard ! » Souvent, il fonçait dans le tas et se battait à un contre quatre. Ma mère lui avait appris à serrer les poings et à cogner, cogner très fort sur ceux qui insultaient sa mère Ly : « Tu vas défendre ta mère ! Tu ne te laisseras pas faire ! » Il ressortait de ces combats de rue, les joues écorchées et pire encore, le cœur déchiré et l'âme fêlée.

La lassitude de Paul Thanh était provoquée par sa lutte quotidienne à bras-le-corps contre la faim et la pauvreté. Depuis la chute de Saigon, les bars étaient fermés et sa mère était au chômage. Son beau-père Hùng se trouvait en prison. Enfant de l'ennemi, il ne pouvait pas aller à l'école. Il travaillait comme porteur d'eau. Comme il n'y avait pas d'eau courante dans les logements de Bàn Cò, il portait de l'eau pour les habitants du quartier du matin au soir. Son épaule était cisaillée par la palanche qui soutenait deux bidons d'eau très lourds. Un travail exténuant qui lui rapportait juste de quoi se payer quelques soupes de riz. Et il recommençait chaque jour, toute sa vulnérabilité tendue à bout de bras.

Son cas n'était pas rare. Il y avait des milliers d'enfants pauvres comme lui qui tentaient de gagner leur vie : cireurs de chaussures, vendeurs de journaux, laveurs de voitures.

Sa mère Ly avait soumis une demande pour le faire admettre dans un programme humanitaire de rapatriement des enfants amérasiens aux États-Unis. Dans la force de sa jeunesse, Paul Thanh n'avait pas eu la patience d'attendre. Il avait déjà commencé à attendre depuis qu'il avait compris pourquoi il était différent. Au bout de l'attente, il n'y avait que le désespoir. Il voulait en finir avec cette trop grande souffrance qui ne disait pas son nom mais qui, tapie dans les ténèbres de son âme comme un animal sauvage, le rongeait sans relâche.

Peu de temps avant sa tentative de suicide, il avait reçu l'ordre de mobilisation des autorités. Le Viêt-Nam mobilisait ses jeunes pour contrer les attaques sanglantes des Khmers rouges à la frontière. Paul Thanh ne voulait pas devenir soldat. Être soldat, dans son cas, c'était accepter la possibilité de mourir pour un pays qui le reniait et qui le rejetait.

Je crois que ma mère s'était sentie infiniment responsable du mal de vivre de Paul Thanh. Elle avait été incapable d'apaiser son âme affolée. Elle n'avait pas été assez présente pour lui comme pour son fils Hùng.

Je revois le visage imprégné d'innocence de Paul Thanh que j'avais beaucoup aimé moi aussi avant mon départ de Saigon pour la France. Je me souviens d'un enfant heureux qui se laissait bercer par la mer au cap Saint-Jacques. Va, mon jeune Paul Thanh, va plonger dans la mer bleue, bleue comme tes yeux, elle va laver les bleus de ton âme limpide. Il n'y a pas d'étranger sur cette Terre. C'est encore ici sur cette terre mère, le seul refuge qui te reste ! Tu as encore à créer tes propres rêves et tu vas t'y accrocher le temps d'une traversée.

43

Ma mère vivait dans la torture de l'attente. Son cœur était alourdi par l'inquiétude. Il n'y avait pas une seule journée où elle ne pensait pas à mon père. « Mange-t-il assez ? Est-il en santé ? Est-il encore en vie ? » Ces questions la tourmentaient. Seul le Ciel le savait. Une sourde angoisse l'étreignait à la gorge. Elle vivait avec une douleur dans son ventre et un goût de cendre dans sa bouche. Cela durait depuis trois ans. Le temps restait figé dans le malheur de son univers éclaté. C'était peut-être dans le désespoir que son espoir survivait. Il lui semblait à chaque instant entendre le bruit de pas mais il n'y avait personne.

Un matin, elle était en train d'arroser les orchidées dans la serre lorsqu'elle entendit un grincement métallique. Elle croyait avoir entendu quelque chose, mais non, ce n'était qu'un brin de vent. Un autre grincement, puis la grille d'entrée s'ouvrit plus largement. Mon père marcha dans l'allée, traînant sa grande carcasse fatiguée, la tête rentrée dans les épaules. Il était revenu au bout d'un voyage immobile de mille deux cents jours, soit trois ans et six mois. Mille deux cents jours de sa vie.

Ma mère jaillit de la serre et se précipita dans le jardin pour l'accueillir. Mon père la prit dans ses bras. Il sanglota sans pouvoir se retenir. Il voulut lui dire quelques mots mais c'était difficile. Il essaya de sourire mais son regard cachait mal sa détresse et elle sentit combien il était seul et malheureux. Il était maigre dans ses vêtements usés et reprisés à plusieurs endroits.

« *Troi oi* ! Ô Ciel ! Binh, tu es revenu !

– Pardonne-moi ! dit mon père. Pardonne-moi pour tout le mal que je t'ai fait ! J'ai beaucoup pensé à toi pendant toutes ces années. Jamais tu ne m'as abandonné.

– J'ai beaucoup prié pour toi. C'est le Ciel qu'il faut remercier. On dit que le Ciel bleu a des yeux et qu'il t'a vu dans ton malheur.

– Pardonne-moi pour avoir douté de la vie. J'ai failli tout abandonner.

– Ne sois pas désolé. Tu es revenu, alors tout va bien. On ne peut pas reculer les aiguilles d'une montre. Le passé est le passé.

– Je sais que je ne suis pas heureux sans toi. Je t'en prie, reste un peu, j'ai besoin de toi.

– Ne sois pas inquiet, je serai toujours là pour toi ! »

Ma mère était émue. Elle éprouvait pour mon père une tendresse profonde. C'était à son tour de prendre dans ses bras cet homme usé. Elle avait appris sa leçon. Des choses qu'elle croyait importantes avant et qui l'avaient fait tellement souffrir ne l'étaient plus maintenant. Elle était sûre d'une chose : il l'avait aimée dans le passé. Sans lui, elle serait probablement morte de tuberculose. Il lui avait sauvé la vie. Le temps avait aplati les angles, elle s'était libérée de l'obsession et de la colère. Elle avait appris à ne pas avoir honte de ce qu'elle était.

« Ton père que j'avais connu si enjoué et si jovial n'était plus qu'une enveloppe vide ! »

Le journaliste Jean-Paul Kauffmann, otage pendant trois ans au Liban, a écrit cette magnifique phrase après sa libération : « On peut dépulper à jamais un homme, lui enlever cette substance sensitive et moelleuse qui savait autrefois rendre si savoureux le goût des choses[20]. »

---

[20] *La Maison du retour*, Jean-Paul Kauffmann, Nil Éditions, 2007.

Au bout de six mois, mon père avait récupéré, mais il était encore faible. Il passait la journée sur sa chaise berçante à regarder dans le vide. Il s'était retiré à l'intérieur de lui-même, prisonnier de sa solitude. Il était figé dans un silence de pierre. Il lui manquait un peu de souffle et d'espérance. Alors, ma mère lui apportait de nouvelles orchidées pour reconstituer sa collection, des orchidées sublimes qui venaient d'aussi loin que du Bélize, du Costa Rica et du Brésil.

« Viens voir, lui souffla-t-elle, la plus belle orchidée, c'est celle à venir ! »

Chaque matin, mon père s'appuyait sur sa canne, tentait un pas chancelant, puis un autre jusqu'à sa serre. Il faisait un petit bout de chemin appelé par ses orchidées. Maintenant, il disposait de tout son temps. Les orchidées étaient redevenues pour lui une source de bonheur. Il reprenait vie peu à peu à chaque floraison.

Ma mère partageait son temps entre son appartement à Bàn Cò, la villa de mon père et sa boutique de fleurs au marché central de Saigon. Elle venait voir mon père tous les jours en fin d'après-midi. Elle lui préparait de bons repas. Elle essayait de rendre son existence plus facile et plus tendre. Après le dîner, elle restait pour prendre un thé au jasmin avec lui. Ils étaient de nouveau unis dans la contemplation du crépuscule, cent fois plus unis après les épreuves endurées.

Son fils Hùng avait purgé sa peine et était sorti de la terrible prison de Chi-Hoa. Lui aussi avait besoin de se reposer après de rudes épreuves. Il était très ébranlé et prononçait par moments des paroles incohérentes. Son esprit ne s'était pas encore remis de l'expérience carcérale. Un ressort, quelque part, semblait cassé. Il faisait des cauchemars la nuit, mais il était soutenu par sa femme Ly et Paul Thanh. Ce dernier était revenu du front cambodgien où il était brancardier. Démobilisé, il travaillait comme aide-soignant à l'hôpital Cho Rây, c'était ce qu'il aimait faire. Le cycle des jours et des saisons avait apaisé sa souffrance.

Ma mère était heureuse ainsi, oubliant déjà les périodes difficiles de sa vie. Elle goûtait au simple bonheur. Le bonheur aussi devait se mériter. Elle était restée auprès de mon père, le grand amour de sa vie, jusqu'à l'instant d'une parfaite sérénité qui avait précédé la mort.

L'astrophysicien Trinh Xuân Thuân dit que nous sommes constitués de la même matière que les étoiles. Nous sommes des « poussières d'étoiles » comme les roches, les animaux, les arbres et les plantes.

La nuit, je regarde les étoiles et je pense à toi, Papa, une poussière d'étoile filante parmi les poussières d'étoiles. Le poète Huy Cân a compris que nous faisons partie de l'univers :

Un jour, je m'en irai sans amertume.
Ainsi, je comprendrai, partir n'est pas finir.
Je me coucherai dans la terre familière
Comme une graine mûre
qui va changer de saison[21].

[21] *Messages stellaires et terrestres*, Cù Huy Cân. Écrits des Forges, Québec, 1996. Poème *Couplets sur la mort.*

44

Ma mère est retournée dans le delta du Mékong. Elle m'a dit qu'elle voulait revoir Sadec. De là, elle prendrait une barque et suivrait une courbe du Mékong jusqu'à Vinh Long, terre de mon père. Elle voulait se replonger dans ce coin de pays qui engendre des hommes bruns, des buffles gris et des hérons blancs. Depuis des mois, elle gardait ses forces pour ce retour tant rêvé sur les rivages du Mékong. Je la voyais chaque matin marcher très lentement de notre appartement à Hanoi au marché en plein air à quelques coins de rue, puis reprendre le chemin du retour de plus en plus essoufflée.

« Tu sais, Lan, j'ai eu beaucoup de chance ! dit ma mère. Bien des choses terribles sont arrivées à beaucoup de gens et ils n'ont pas survécu. Moi, je suis encore en vie. Hùng a encore des problèmes et j'espère que le temps finira par réparer son mal. Toi, tu t'es débrouillée toute seule à l'étranger et tu t'en es bien sortie. »

Ce soir, je pense à ma mère et je suis affligée par le sentiment du temps qui s'égrène sans que l'on puisse le retenir. Chaque fois que j'ai le vague à l'âme, je me rends au théâtre Thang Long sur la rue Dinh-Tiên-Hoang au nord du lac de l'Épée restituée. On y présente un spectacle de marionnettes sur l'eau, un art populaire authentique de la culture vietnamienne. Il a vu le jour aux environs du XIIe siècle dans le Nord. J'ai assisté à ce spectacle à plusieurs reprises et chaque fois, pendant une heure, c'est un pur enchantement !

J'entre dans ce petit théâtre où on me donne un éventail en papier. Le décor est un bassin rempli d'eau. C'est la reconstitution d'une scène de fête au village autour d'un étang où se retrouvent agriculteurs, artisans, commerçants, femmes et enfants. Les musiciens aux turbans sombres et les chanteuses en tuniques traditionnelles sont installés à gauche de la scène.

Une explosion de pétards ouvre gaiement le spectacle. L'orchestre attaque sa première pièce : flûtes, tambours, tambourins et cymbales se mélangent dans un brouhaha joyeux. Dans un décor rouge planté dans une eau verte, les marionnettes surgissent devant un rideau de bambou, glissant gracieusement sur l'eau. Ces grandes marionnettes colorées représentent des gens du village mais aussi des animaux aussi fabuleux les uns que les autres : phœnix, dragons, buffles, canards, oiseaux et poissons. Elles sont actionnées grâce à un système savant de perches et de fils sous l'eau par des marionnettistes debout à l'arrière dans le bassin.

Le spectacle est une succession de contes, de légendes et de scènes de la vie quotidienne : danse du phœnix et du dragon, légende du héros Lê Loi avec son épée magique, culture du riz, pêche à la carpe, course de pirogues, défilé d'un mariage…

J'aime en particulier la scène de la culture du riz : labourage de la terre par les hommes et repiquage du riz par les femmes. Celle de la pêche me plaît beaucoup : le pêcheur ne parvient pas à attraper un poisson géant qui le nargue. Il y a aussi celle de la course de pirogues où les gagnants ne sont pas toujours les plus rapides. La scène du mariage vers la fin est grandiose, une prouesse technique du point de vue du maniement des marionnettes sur l'eau car de nombreux personnages y défilent.

Ces sketches sont des scènes drôles où l'on se moque gentiment des uns et des autres sur fond de musique *hat cheo*, une forme d'opéra-comique pour égayer le public. Au cours des siècles, malgré les guerres et les malheurs, les artistes ont su conserver et protéger cette forme d'art pour la partager avec nous.

Selon l'écrivain Huu Ngoc, « c'est toute l'âme de la rizière vietnamienne qui s'exprime dans ses personnages : traditions, rituels, animaux familiers, dieux et génies divers. Chaque numéro de marionnettes sur l'eau est un spectacle joyeux dans lequel humour et humanisme se mélangent. La vie pénible des rizières n'a jamais privé le paysan de sa joie de vivre ni de son sourire optimiste. »

À la sortie du théâtre, je rejoins mes amis parmi la foule au bord du lac de l'Épée restituée. Mais oui, nous sommes à quelques minutes de l'an 2000. Je fais le compte à rebours dans ma tête : trois, deux, un.

Des quatre coins de l'horizon jaillissent des feux d'artifice de toutes formes et de toutes couleurs. Nous contemplons, enchantés, les gerbes d'étincelles qui se déploient comme un éventail dans le ciel et à la surface du lac. Nos yeux ne savent plus où se tourner pour ne pas perdre une miette de ce merveilleux spectacle. Un vieux siècle vient de disparaître avec nos anciens malheurs pour laisser place à un tout nouveau matin du monde.

45

Dès l'apparition des kakis rouge vermeil dans les paniers des marchandes de fruits à Hanoi, je sais que l'automne est arrivé. Le changement de saison amène au marché Dông Xuân des grappes de litchis parfumés. S'entassent en pyramides sur les étals les fruits de la lune : pamplemousses et melons, oranges et mandarines. Tant de couleurs ! Tant de joie pour les yeux ! Sur les avenues ombragées, les grands arbres d'alstonia parsèment leurs fleurs de lait blanches au vent. Les cigales épuisées ont arrêté leurs crissements stridents.

L'automne est ma saison préférée à Hanoi. Les saules pleureurs du lac de l'Épée restituée étendent leur longue chevelure sur la berge. Le petit temple de la Tortue se mire dans l'eau. Les dernières pluies ont nettoyé la poussière. Après la clarté aveuglante d'août, la lumière de septembre est plus douce. L'air est frais et sec, débarrassé de la chaleur et de l'humidité de l'été. Les promeneuses qui se croisent ont une élégante façon de saluer, de parler et de sourire. Elles s'échangent quelques mots avec leur bel accent de Hanoi :

« Comme le ciel est bleu !

– Comme l'air est limpide ! »

Chaque fois que je passe devant ce lac, je retiens mon souffle et contemple sa surface émeraude. Peut-être qu'un jour une tortue géante referait-elle la légende en rapportant l'épée magique qui avait aidé le héros Lê Loi à vaincre les envahisseurs chinois ? Avec l'automne s'installe le souvenir d'une épée égarée que l'on cherchera éternellement à récupérer. Qui peut mieux saisir ce moment de grâce que le poète Luu Trong Lu dans *Voix d'automne* ?

> *Ô mon aimée, n'entends-tu pas*
> *la forêt d'automne ?*
> *Ses feuilles se froissent, tristes.*
> *Éperdue, la biche d'or*
> *Foule les feuilles mortes*[22].

J'attends toujours avec plaisir la fête de la Mi-Automne, au moment où la lune est la plus éclatante. J'aime la lune d'automne à Hanoi car il me semble qu'elle est plus grande ici qu'ailleurs. Pour célébrer la déesse Lune, les enfants défileront ce soir le long du lac avec leurs lanternes rouges, jaunes et bleues. De petites bougies brûleront dans ces lanternes en forme d'animaux : crabes, poissons et oiseaux. Ensuite, ils dévoreront des gâteaux de lune à la pâte de haricots et aux fruits confits, et des gâteaux blancs aux graines de lotus et de sésame. Mille lunes se refléteront sur la surface calme du lac. Tant d'allégresse dans le cœur ! Avec le temps qui passe, notre seule patrie préservée n'est-elle pas celle de l'enfance ?

Mon séjour à Hanoi tire à sa fin après trois ans d'affectation. Dans un parc, je reste assise immobile sur un banc. L'automne s'installe ici dans toute sa paisible beauté. Une feuille virevolte au vent et vient se poser doucement au creux de ma main. Cette feuille de ginkgo biloba est tellement belle. Elle est jaune dorée et parfaitement découpée en deux lobes comme un éventail. Le ginkgo biloba est la plus ancienne espèce d'arbre connue sur la terre. Il est extrêmement résistant. Aux lendemains de la bombe atomique sur Hiroshima, le seul

---

[22] *Anthologie de la poésie vietnamienne*, Introduction de Nguyên Khac Viên, Gallimard, 1981. Poème *Tiêng Thu* de Luu Trong Lu.

arbre qui repoussait des ruines calcinées de la ville était le ginkgo biloba.

Comme cette feuille dorée, pendant un moment de grâce, ma mère est partie doucement sur la pointe des pieds, comme pour ne pas me déranger, pour ne pas me faire de la peine. Elle a rendu son dernier souffle dans le delta du Mékong, parmi les siens, des hommes et des femmes courbés dans les rizières et des enfants vautrés sur des buffles craquelés de terre.

Chez nous, on s'entoure de pudeur pour annoncer une triste nouvelle. Il n'est pas courtois d'avoir le visage triste quand on a le cœur brisé. Il ne faut pas accabler la personne à qui l'on parle avec sa peine. Il est indécent d'accumuler la douleur à la douleur. Il faut au contraire l'atténuer par un petit sourire.

Une grande tristesse me submerge. Ma mère est morte. Même à l'âge mature, je me sens orpheline. Mon dernier rempart s'est effondré. Je n'ai pas hérité de son courage. Je suis peut-être comme mon père, j'encaisse mal les blessures de la vie. Un vertige nouveau s'empare de moi comme un mal de mer, je suis au bord de l'abîme. Une digue si longuement contenue s'est brisée dans mon cœur, un torrent de larmes jaillit de mes yeux et un long cri sort de ma poitrine, un long cri silencieux.

Seule, je dois parcourir mon chemin, funambule titubant dans le vide, sans filet de protection. Je dois calmer le chaos dans mon cœur. Je dois vivre sans elle désormais. Je dois apprendre, comprendre et accepter. Je m'efforce d'être la fille de ma mère. Forte et courageuse. Je vais vivre avec une pensée pour elle comme une petite lanterne de la Mi-Automne en forme de lune qui éclaire ma nuit.

Et il me semble entendre sa voix :

« Bien sûr, tu sais que tu le pourras ! »

Je ferme les yeux pour mieux voir. Voilà que le Mékong se déroule devant moi comme un serpentin de soie. Une barque effilée fend les ondes du fleuve. Sur cette barque est assise ma mère portant un chapeau conique et l'ensemble en coton que portent les femmes du delta du Mékong. La batelière pagaie debout d'un habile croisement de rames. Sur la berge, les palmiers d'eau murmurent au vent. Au bord du fleuve défilent des paillotes aux toits de lataniers.

Je ramène le silence en moi pour accueillir la chanson du poète Pham Duy que ma mère aimait tant chantonner en compagnie des femmes du delta du Mékong qui s'éventaient avec leur chapeau conique sur leurs barques les jours de marché :

Qui peut me dire
Le nombre d'épis dans une rizière ?
Le nombre de courbes dans un fleuve ?
Le nombre de couches dans un nuage[23] *?*

Si la vie avait offert beaucoup d'amour à ma mère, elle lui avait aussi infligé beaucoup d'épreuves et de souffrance. Elle avait fait face et assumé son destin avec simplicité. À la question du poète, elle pourrait répondre ceci :

« J'habite sur l'un des rivages du Mékong, j'ignore le nombre d'épis dans une rizière, le nombre de courbes dans un fleuve, le nombre de couches dans un nuage, personne ne me l'a jamais dit. Mais je connais bien mon delta du Mékong, cette terre fertile du Sud, le cœur des gens d'ici et leur quotidien vécu comme l'éternité. »

---

[23] *Dô ai* ? Qui peut me dire ? Chanson de Pham Duy.

Romans et nouvelles d'Asie aux éditions L'Harmattan

ARMÉNOUHIE
De retour à Erevan...
Roman
Girard Marc

Arménouhie c'est le prénom de cette petite fille, née en Arménie en 1981. Après une enfance relativement heureuse sous l'ère soviétique, elle vécut avec sa famille plusieurs drames successifs qui vont impacter fortement et durablement l'avenir de l'Arménie. À travers l'histoire de cette jeune femme, l'auteur nous invite à la découverte de l'Arménie, ses magnifiques paysages de montagne, ses sites sublimes, ses richesses historiques et culturelles.
(23.50 euros, 226 p.) *ISBN : 978-2-296-96223-1*

MAÎTRES (LES) DE LA CITÉ POURPRE
Moreau Jacky, Vo Thi Trang

Après *Entre les neuf bouches du dragon* l'auteur Vo Thi Trang raconte, dans ce second volume, comment sa famille vivait sous la dynastie des Nguyen et sous la domination des amiraux qui ont érigé les provinces du delta du Mékong en une colonie, la Cochinchine. Elle s'est attachée aussi à décrire les rites, les coutumes, les traditions, les superstitions toujours bien vivaces dans la population.
(Coll. Lettres asiatiques, 29.00 euros, 288 p.) *ISBN : 978-2-296-96723-6*

MOSAÏQUE DE PROSES CONTEMPORAINES D'ARMÉNIE
suivi de Entre effervescence et fermentation
Venturini Serge, Mouradian Elisabeth
Traduction d'Elisabeth Mouradian et Pierre Ter-Sarkissian

Voici 17 nouveaux auteurs d'Arménie d'aujourd'hui encore inconnus du lecteur français. Avec cinq femmes et douze hommes, cette mosaïque de proses est un instantané de littérature contemporaine du début du XXIème siècle. Elle n'est en aucun cas une anthologie, mais s'avère être un libre choix dans «la guerre du goût» établi par la traductrice Elisabeth Mouradian. Cette présentation d'écrivains est suivie d'un regard critique du poète arménophile français Serge Venturini.
(Coll. Lettres arméniennes, 16.50 euros, 162 p.) *ISBN : 978-2-296-96058-9*

L'HARMATTAN, ITALIA
Via Degli Artisti 15; 10124 Torino

L'HARMATTAN HONGRIE
Könyvesbolt ; Kossuth L. u. 14-16
1053 Budapest

ESPACE L'HARMATTAN KINSHASA
Faculté des Sciences sociales,
politiques et administratives
BP243, KIN XI
Université de Kinshasa

L'HARMATTAN CONGO
67, av. E. P. Lumumba
Bât. – Congo Pharmacie (Bib. Nat.)
BP2874 Brazzaville
harmattan.congo@yahoo.fr

L'HARMATTAN GUINÉE
Almamya Rue KA 028, en face du restaurant Le Cèdre
OKB agency BP 3470 Conakry
(00224) 60 20 85 08
harmattanguinee@yahoo.fr

L'HARMATTAN CAMEROUN
BP 11486
Face à la SNI, immeuble Don Bosco
Yaoundé
(00237) 99 76 61 66
harmattancam@yahoo.fr

L'HARMATTAN CÔTE D'IVOIRE
Résidence Karl / cité des arts
Abidjan-Cocody 03 BP 1588 Abidjan 03
(00225) 05 77 87 31
etien_nda@yahoo.fr

L'HARMATTAN MAURITANIE
Espace El Kettab du livre francophone
N° 472 avenue du Palais des Congrès
BP 316 Nouakchott
(00222) 63 25 980

L'HARMATTAN SÉNÉGAL
« Villa Rose », rue de Diourbel X G, Point E
BP 45034 Dakar FANN
(00221) 33 825 98 58 / 77 242 25 08
senharmattan@gmail.com

L'HARMATTAN TOGO
1771, Bd du 13 janvier
BP 414 Lomé
Tél : 00 228 2201792
gerry@taama.net

588352 - Novembre 2014
Achevé d'imprimer par